AF306014

AVENTURES

DE

DEUX ILLUSTRES PROSCRITS.

Par M. ***

Ce globe est une mer couverte de naufrages.

TOME PREMIER.

PARIS,

Chez {
GAILLOT, Libraire, rue Saint-André-des-Arts, n° 57.

DELARUE, Libraire, quai des Augustins, n° 15.

1820.

ÉPERNAY, DE L'IMP. DE WARIN-THIERRY.

AVENTURES

DE

DEUX ILLUSTRES PROSCRITS.

J'ÉTAIS las d'habiter une ville où la nature est toujours masquée sous les efforts de l'art, et dont les habitans se ressemblent tous, parce qu'ils ont tous les mêmes préjugés. Je savais que dans les Alpes il existait encore une classe d'hommes que les passions n'ont pas fait dégénérer, et que ces montagnes, couvertes d'éternels glaçons, offraient au cœur sensible qui les cherche, un spectacle plus intéressant et plus majestueux que celui de nos beaux, mais frêles monumens.

Entraîné par cette curiosité si naturelle aux Français, je quittai sans regret Paris, auquel le citadin qui l'habite attribue exclusivement les plaisirs et le bonheur. Bientôt, pensai-je, je verrai la nature dans sa première simplicité.... Flatté de cette idée, je pars pour la Suisse, que je ne connaissais que par des relations.

J'avais, en peu de jours, traversé les plaines de la Champagne et les rians coteaux de la Bourgogne; j'approchais des frontières de la Suisse, dont je n'étais séparé que par le Mont-Jura, barrière de la liberté. Je gravis cette première montagne après avoir passé sous ce fameux rocher qui forme une voûte d'une seule pierre, ouvrage, non des Romains, comme on le croyait, mais de la nature, qui a ouvert ce passage.

Arrivé au sommet de cette montagne, un nouveau spectacle plus magnifique encore frappa mes regards étonnés, et me fournit pour la première fois plus de plaisir que mon imagination n'avait pu s'en promettre. Dominant une étendue immense, mon œil errant se promenait avec délices sur le pays que j'allais parcourir.

A mes pieds était un vaste bassin d'une eau limpide, qui répétait dans ses ondulations les brillans rayons du soleil : à son centre s'élevait l'Isle de St.-Pierre. Je reconnus la demeure du sensible citoyen de Genève ; et en accordant un soupir à la mémoire de Jean-Jacques, je pensai que ce séjour avait mérité ses regrets. Sur ma droite se perdait dans le lointain ce lac de Genève, dont les bords sont ornés des plus délicieuses habitations ; sur ma gauche le Rhin recevait le tribut d'une partie des rivières de l'Helvétie, lesquelles, après avoir coulé au fond de ses vallons, vont s'y perdre avec bruit ; devant moi plusieurs villes et une multitude de hameaux semblaient annoncer le séjour du bonheur.

Ce tableau, que l'homme qui ne l'a pas vu ne peut se représenter, était terminé par ces montagnes de glaces où tendaient mes pas ; la terre s'y mesurait avec le ciel. Entassés au hasard, leurs cimes éblouissantes, confondues avec les nuages, ne pouvaient qu'à peine en être distinguées.

Impatient de les gravir, je parcourus rapidement les villes et les campagnes qui m'en séparaient encore. Partout j'y voyais des monumens de l'art et des traces du luxe : mon but était de trouver un séjour où l'un fût ignoré et l'autre inconnu. J'arrive enfin au pied des Alpes ; j'entre dans un agréable vallon ; d'un côté la pointe de diamant semblait le menacer de sa cime glacée ; des trois autres il était ceint de montagnes moins élevées, et couronnées des plus beaux pins ; une petite rivière arrosait ce canton. Les maisons du seul hameau de ce vallon annonçaient la médiocrité ; les habitans, quoique pauvres, ne paraissaient pas malheureux ; la sérénité était peinte sur le front de ces paysans occupés à la moisson autour de leurs chaumières.

L'un d'entre eux, fort âgé, m'ayant

frappé par une physionomie plus ouverte, je m'approchai de lui pour prendre quelques renseignemens sur la route que je devais suivre désormais, de même que sur le lieu où je pourrais passer la nuit.

Monsieur, me répondit avec franchise ce vieillard, vous aurez besoin d'un guide, demain mon fils vous en servira, il connaît tous les sentiers de nos rochers : mais il est tard, songeons à vous loger ici. Nous ne connaissons pas les auberges ; mais toutes nos demeures sont ouvertes aux étrangers. Je n'ai à vous offrir qu'une misérable chaumière : à quelques pas d'ici , vous pourrez être mieux. Vous voyez cette maison ; un étranger habite depuis quelques années dans ce coin reculé. On le dit grand seigneur, et moi, vieux soldat du maréchal de Saxe, je le crois volontiers ; il est bon, honnête comme mon général ; il aime les paysans ; il fait du bien à tous... malheureusement il est malade..... Oh ! monsieur, combien nous le regretterions !.... Mais je vous retiens trop long-temps, et j'oublie que je dois vous conduire.

Je crus m'opposer à aller déranger un inconnu ; mais mes représentations furent inutiles ; je cédai à la curiosité de voir cet étranger, et aux instances de mon vieux militaire, qui m'entraînait avec lui.

Nous arrivâmes bientôt à une assez jolie maison ; un jardin très-cultivé ornait cette espèce d'hermitage. Conduit sans cérémonie dans une salle basse, meublée avec goût, mais avec simplicité, mon paysan disparut, et me laissa seul avec l'impatience de voir arriver mes hôtes. Bientôt je vis entrer une jeune personne d'environ dix-huit ans, dont la négligence de l'habillement me fit soupçonner qu'elle était mariée. Combien elle l'emportait sur toutes les beautés de notre capitale ! Il suffisait de là voir pour être saisi d'admiration et de respect ; aisée dans son maintien, son langage annonçait une naissance distinguée ; ses beaux yeux bleus étaient remplis d'une douce langueur répandue également sur sa physionomie. J'allais justifier mon introduction singulière, lorsque me prévenant de la manière la plus obligeante, elle me laissa deviner que je n'étais pas le premier étranger qu'elle eût de même accueilli dans ces lieux. Mon mari, me dit-elle, sentira d'autant plus vivement le malheur d'être malade, qu'il est privé du plaisir de vous recevoir ; cependant j'espère que ses forces lui permettront de souper avec nous.

Placés loin du monde, c'est pour nous une fête lorsque le hasard amène quelqu'étranger chez nous. Elle m'offrit en même temps quelques rafraîchissemens, puis bientôt me conduisit dans la pièce où reposait son mari. Il était couché dans un appartement voisin ; et, malgré ses efforts pour paraître à son aise, on s'apercevait qu'il souffrait cruellement. Quoiqu'altérés par la maladie, ses traits avaient quelque chose de noble et de frappant ; des yeux vifs et à fleur de tête semblaient montrer une belle âme.

Je lui témoignai ma sensibilité sur son état, et la réception obligeante qu'il me faisait ; et mes complimens étaient vrais, car on ne pouvait le voir sans éprouver le plus vif intérêt.

Monsieur, me répondit-il avec cette noble facilité que donne l'usage du grand monde, le hasard me favorise en conduisant chez moi un cœur qui semble vouloir compâtir aux peines que j'endure : vous êtes dans la demeure d'un homme abandonné du monde, et qui l'a lui-même abandonné ; mais du moins vous l'accepterez pour y passer tous les momens que vous n'occuperez pas à gravir nos rochers. Dans des temps plus heureux j'eus pu vous servir de guide ; maintenant les forces me manquent..... Mais je vois un Français, et mon cœur s'ouvre encore au plaisir. La société d'un malade ne peut vous intéresser ; mais mon amie, ma tendre amie, qui seule a semé quelques fleurs sur ma malheureuse existence, cherchera à vous rendre ma chaumière supportable. En disant ces mots, il

serrait tendrement la main de son épouse, qui cherchait vainement à cacher les
larmes qui remplissaient ses yeux.

Tout ce qui m'environnait avait porté
dans mon âme un trouble inconcevable.
Ces gens, pensai-je, ne sont pas nés pour
le séjour qu'ils habitent ; ce lieu sauvage
peut renfermer des habitans qui se fassent
un devoir d'une hospitalité généreuse ;
mais cette noble franchise, cette politesse, fruit d'une éducation distinguée ;
ces paroles échappées sur le compte de
ma nation, sont des traits de lumière qui
décèlent un illustre malheureux qui se
séquestre et qui vit ignoré.

Je désirais vivement d'en apprendre
davantage ; et son épouse s'étant retirée,
j'osai hasarder quelques modestes questions sur sa maladie et sur la singularité
du séjour que sans doute il s'était choisi.
Cela est vrai, me répondit-il encore ; du
reste, mon goût, celui de mon épouse,
d'autres raisons encore, m'y ont également
ment conduit ; je ne le quitterai plus. Pour
quelques mois, serait-ce la peine de chan-

ger les douceurs de la campagne pour le tumulte des villes? — Que j'aime à penser comme vous! mais, dans quelques mois, quel sera le lieu?... — Ah! monsieur, qu'il est difficile de répondre à votre question! — Pardonnez à ma curiosité, à l'intérêt que vous m'inspirez. — L'une est loin de m'offenser, l'autre m'oblige; je ne voulais pas vous affliger du récit de mes maux; mais vous m'y forcez. Eh bien! dans quelques mois je ne serai plus. — Vous ne serez plus! — Remettez-vous, et que ce mot que vous m'avez forcé de prononcer ne vous effraye pas. Oui, monsieur, je m'attends à la mort; elle est inévitable pour tous, pour moi elle est très-prochaine. J'ai eu le temps de réfléchir sur sa valeur; depuis un an l'irrévocable arrêt de mon sort est prononcé; je la vois de près, et son instant qui s'avance ne m'épouvante pas. Je ne regrette le monde que parce que j'y laisserai celle qui a tout sacrifié pour moi, et que ma fin rendra plus malheureuse encore. Quant à la mort en elle-même, elle n'est rien ; si on la redoute, c'est parce que la nature a mis cette frayeur en nous, afin que l'homme ne soit pas tenté de se débarrasser trop tôt du fardeau de la vie. Fatigué d'un long jour, bientôt vous désirez un sommeil de quelques heures. Eh bien ! c'est une mort ; l'homme malheureux la désire comme la fin de ses peines et le terme de ses maux : nous l'envierions tous, sans le fantôme de l'espérance. Quant à moi, le rêve de la vie est fini ; il a été court et cruel...—Mais quelle maladie assez grave peut ainsi vous ôter jusqu'à l'espérance ? à votre âge, monsieur, la nature a beaucoup de ressources.—Je n'ai guère que trente ans, il est vrai, mais l'espérance chez moi serait une folle illusion ; ma maladie est celle de la mort. Mais laissons un instant ces idées sombres pour ceux qui n'y sont point familiarisés : soupons. Trop faible pour me lever, vous permettrez que l'on nous serve ici ; ensuite, si vous le désirez, je pourrai vous conter mon histoire : quand on n'a plus ni crainte ni désir, on n'a plus de ménagemens à garder.

On nous servit un souper que j'aurais trouvé délicieux, si je n'eusse partagé le malheur de mes hôtes. Né curieux et sensible, je l'invitai, dès que nous eûmes fini, à me tenir sa parole; et ayant congédié le domestique qui le servait, il commença ainsi :

« Je sors d'une famille écossaise, aussi distinguée par un nom illustre que par son attachement à des rois trop malheureux. Mon aïeul quitta l'Angleterre pour suivre ce roi expulsé de son trône, et que tous les efforts de la France n'ont pu relever. Sa tête fut proscrite, ses biens confisqués; et tous les malheurs qui assaillirent les plus malheureux partisans des infortunés Stuard, tombèrent sur sa personne et sur sa famille. Il était désintéressé, peu courtisan; loin de chercher à relever les débris de sa fortune, au moyen de ces dédommagemens que la France a généreusement accordés aux fidèles partisans de Jacques, il consacra encore une partie de ce qui lui restait à entretenir des relations en Ecosse, au moyen desquelles il se flattait de rétablir un jour les affaires du prétendant. Il fut même un de ceux qui tentèrent avec celui-ci ce dernier effort, qui n'a servi qu'à montrer l'impossibilité de réussir; et cette tentative infructueuse fut le terme de sa vie. Mon père en hérita un nom proscrit, des titres inutiles, mais sur-tout le même caractère et la même façon de penser et d'agir.

Ayant pris du service en France, dans un de ces régimens consacrés à notre nation, il voulut toujours vivre avec des personnes d'un rang égal à sa naissance; mais, comme sa fortune n'y était pas proportionnée, elle décrut considérablement. En garnison sur les côtes méridionales, il devint amoureux de la jeune comtesse de V***. Un anglais ne mesure pas toujours son inclination sur les convenances; et ces deux amans étaient déjà d'accord avant que d'avoir réfléchi sur l'impossibilité d'obtenir les consentemens nécessaires à leur union. Il fallut cependant s'en occuper, mais tous les efforts de mon père furent inutiles. Alors ne prenant conseil que de son désespoir, sa courageuse amante proposa la première à mon père de l'enlever, et de la conduire dans un pays où ils pussent vivre ignorés du reste du monde. Cette idée fut saisie avec empressement. Mon père donna sa démission sous quelque prétexte, et fut assez heureux pour enlever son épouse sans être surpris, et même sans laisser de preuve qui pût l'en accuser. Après s'être arrêtés quelques jours à Lyon ils arrivèrent en Suisse, où mon père épousa son amante sous un nom supposé. Lui-même changea le sien, et prit celui d'une des terres qu'il possédait jadis dans sa patrie ; c'est depuis cette époque que nous nous nommons Malmore.

Mon père avait si bien pris ses mesures, qu'il paraît que jamais le comte de V*** n'a pu suivre ses traces. Comme on le croyait incapable de pardonner, on a cru qu'un silence prudent était le seul moyen de se mettre à couvert de sa vengeance ; ainsi dès-lors ma mère n'a reçu ni donné aucune nouvelle à des parens dont elle avait tout à craindre et rien à espérer. Tout ce que mon père a pu apprendre d'un ami , officier dans son régiment , et qui était le seul confident, c'est qu'après bien des recherches secrètes , le comte de V*** avait fini par publier que sa fille s'était retirée dans un couvent , et qu'elle était décidée à y prendre le voile. Il annonçait ainsi qu'il ne voulait plus entendre parler d'elle , et qu'il la regardait comme morte pour lui.

Mon père se trouvait donc proscrit en Angleterre par sa naissance, proscrit en France par son enlèvement : la plus douce et la dernière consolation de l'homme sensible lui était enlevée ; il n'osait prononcer ni son nom, ni celui de sa patrie, et, avec la vertu la plus pure, il se trouvait réduit au sort que méritait le crime. Il ne lui restait qu'une épouse adorée pour le consoler de tout ce qu'il avait perdu ; encore lui fut-elle enlevée après qu'elle m'eut donné la naissance, ainsi qu'à un frère malheureux comme moi. Je passerai légèrement sur les années de mon enfance; le souvenir confus qui m'en reste ne sert qu'à me faire regretter les seuls momens de mon existence qui n'aient pas été douloureux. Mon père veillait seul à notre éducation, et si j'eusse suivi ses excellens principes, je me serais épargné bien des maux...

J'avais déjà quinze ans, mon frère en avait douze, et nous ignorions encore notre nom et notre véritable patrie, lorsque mon père fut attaqué d'une maladie mortelle. C'est dans ce moment, que, prêt à quitter tout ce qui le liait au monde, il nous fit approcher de son lit, et que serrant nos mains dans les siennes déjà glacées du froid de la mort, il nous tint ce langage, dont le souvenir sera à jamais gravé dans mon cœur.

« Jusqu'ici, nous dit-il, vous avez vu » en moi un père et un maître; mais » dans cet instant que ma carrière va » finir, je ne suis plus que votre ami.

» Mes ordres ne guideront plus votre
» enfance; recevez mes derniers conseils.
» Il est temps de vous apprendre qu'un
» sang illustre coule dans vos veines.
» Vous connaissez les révolutions de
» l'Ecosse et les malheurs des rois qui
» l'ont jadis gouvernée. L'une est votre
» patrie, un des autres est compté au
» nombre de vos aïeux. Descendans du
» trône, nous avons long-temps brillé à
» ses côtés ; notre fidélité a été la source
» de nos maux : l'injustice a achevé
» notre ruine, comme vous l'appren-
» dront ces titres échappés aux fureurs
» de nos ennemis, et que je remets entre
» vos mains. Souvenez-vous de votre
» naissance, non pour regretter ce que
» nous étions, mais pour vous roidir
» contre l'adversité. Elle est inséparable
» de notre famille, elle vous poursuivra ;
» mais apprenez à la vaincre, et n'allez
» jamais mendier bassement les avantages
» dont nous devions être nous-mêmes les
» dispensateurs. Recevez mes derniers
» adieux ; vous voilà seuls, abandonnés

» à la nature, puissiez-vous être moins
» malheureux que moi ! »

Il voulut en dire davantage, mais ses paroles expirèrent avec lui. Nous sentîmes long-temps avec amertume la perte que nous venions de faire ; car, quoique jeunes, ses leçons nous avaient élevés au-dessus de notre âge. Cependant il était temps de choisir un état ; je pris le parti des armes, pour lequel j'avais un goût décidé. M. le comte de W***, alors colonel, et mort depuis peu lieutenant-général, ancien ami de mon père, m'accorda une place dans son régiment. Il y avait un neveu avec lequel j'eus bientôt fait connaissance, et dans peu nous fûmes inséparables. Je me trouvais donc au comble de mes vœux. J'étais officier ; tout le monde m'appelait son ami ; protégé du chef, lié étroitement avec son neveu, qu'est-ce qui aurait pu s'opposer à mon bonheur ? c'est ainsi que je raisonnais alors.

Bientôt j'eus une multitude de connaissances, que je prenais pour autant d'amis intimes. Le cœur d'un jeune homme est confiant ; il croit à tout, hors la méchanceté des hommes. Je croyais donc à leurs beaux dehors, à leur vertu même, à celle des femmes, dont mon cœur, neuf encore, recherchait avec empressement la société ; et lorsqu'une longue expérience m'a fait voir que les uns comme les autres ont deux cœurs comme deux visages, j'ai cru rêver encore.

Ma première garnison fut la Rochelle. J'avais alors dix-huit ans ; grand, bien fait, ma figure, disait-on, était intéressante ; de plus, la nature m'avait donné en partage ce babil amusant qui plaît aux femmes, et qu'elles préfèrent au jugement dont j'avais assez peu. Du reste, vif, pétulant, léger dans mes propos, prêt à tout entreprendre et à risquer pour mes amis et pour mes goûts, envisageant le métier des armes comme le seul noble, le seul utile, chérissant l'honneur, mais le faisant consister, comme tous mes camarades, dans le plaisir de porter le trouble dans les familles et le fer dans le cœur de mon meilleur ami.

On va loin avec ces dispositions : aussi ne tardai-je pas à être formé, et bientôt je fus un des plus brillans sujets du régiment, c'est-à-dire, que j'eus tous les dehors du libertinage, mais plutôt par légèreté et par imitation, que par goût et par choix ; car je me serais cru déshonoré si mes folies n'eussent été aussi éclatantes que celles des autres.

Quelques affaires d'honneur m'avaient donné la réputation de brave parmi les hommes ; et nos femmes ne pouvaient se figurer qu'une personne aussi habile à donner un coup d'épée se distinguât moins dans un tête-à-tête ; ainsi j'aurais pu partout entreprendre, et partout réussir. Je conservais cependant une espèce de délicatesse dans mes goûts, et de trop faciles lauriers ne me paraissaient pas la peine d'être cueillis. Trouvant les roses trop près de leur dernière et triste métamorphose, je désirais de rencontrer un bouton que l'amour pût faire éclore ; ainsi j'abandonnai bien vite nos beautés prises sur la toilette, pour m'attacher uniquement à Emilie de S***. Elle n'avait que seize ans : bien d'autres la trouvaient adorable ; mais un argus de mère l'accompagnait partout ; et personne, à travers ces difficultés, n'avait été encore tenté d'en essayer la conquête. Je la jugeai digne de moi ; dèslors je mis tout en œuvre pour réussir. Je m'empressai d'abord auprès de madame de S*** ; je cherchai à faire sa partie dans toutes les assemblées. Bientôt je captivai cette folle, qui attribuait à ses charmes l'effet de ceux de sa fille, pour laquelle je feignais de n'avoir que les dehors de la froide politesse. Emilie était musicienne : j'avais moi-même quelques talens ; ils me servirent pour la voir fréquemment ; et quoique je ne visse la fille que sous les yeux de sa mère, nous nous entendîmes bientôt sans nous être rien dit. Ce langage muet ne nous suffisait pas ; j'hasardai un billet ; je le remis à mademoiselle S*** en présence même de sa mère, mais enveloppé de quelques ariettes que j'avais empruntées d'elle ex-près la veille. Un signe lui fit compren-dre que le papier que je lui rendais renfermait une musique plus intéres-sante que celle de son clavecin, et dès le lendemain j'eus lieu de croire qu'elle trouvait la mienne préférable à celle de tous les virtuoses d'Italie. J'obtins une réponse par le moyen dont je m'é-tais servi. En un mot, suivant la route battue des jeunes gens qui courent les bonnes fortunes pour en trouver quel-quefois de mauvaises, je parvins à per-suader à mademoiselle S*** ce que son penchant lui avait déjà dit sans doute plus éloquemment que moi; et cette nouvelle Agnès, si jeune, si timide, si novice, si bien gardée le jour, le fut très-mal la nuit, car bientôt je parvins à pénétrer chez elle. J'avais gagné tous les domestiques, jusques à un palfrenier qui, chaque soir, devait renfermer dans son écurie le chien de la maison. Mal-gré ces précautions, nos rendez-vous n'étaient pas faciles. Le logement de madame de S*** était ceint d'une cour qui lui était commune avec d'autres maisons, et dont, pendant la nuit, la grille ne pouvait rester ouverte. Je devais donc escalader des murs, opération à laquelle la clarté d'un réverbère voisin nuisait extrêmement.

Mais que n'entreprend-on pas à vingt ans, guidé par l'amour et par l'étourderie naturelle à cet âge ? Je m'affublais d'un domino noir, jadis robe d'un procureur, et sous ce masque révéré de la chicane, je m'acheminais sur les onze heures de la nuit vers le temple de l'amour, n'ayant pour toute arme qu'une seringue d'apothicaire. Lorsque je me trouvais près de la fatale lanterne, un lavement conduit d'une main sûre en éteignait la clarté ; et dès-lors, favorisé des ténèbres, je franchissais cette muraille incommode. Une fois parvenu dans la cour, je ne trouvais plus que des portes restées ouvertes par les intelligences que j'avais su ménager.

Tous mes camarades, même le jeune comte de W***, ignoraient mes liaisons, de sorte que notre bonheur, tenu secret, ne fut pas troublé pendant plusieurs semaines; mais au bout de ce temps on commença à parler dans la ville d'une lanterne publique qui s'éteignait chaque nuit, sans qu'on en connût d'autres causes que l'apparition d'un grand diable noir qui rôdait dans les rues, avec la faculté de se perdre à volonté contre les murs. Bientôt on ajouta des commentaires à cette histoire. Ce grand diable était un spectre qui revêtait toutes les formes; enfin il fut l'âme damnée d'un usurier mort depuis peu dans ce quartier, et qui venait y revoir ses trésors. Il n'y avait pas de vieille femme qui n'ajoutât ses réflexions, et qui, au coin de son feu, tremblant de peur, ne racontât à ses enfans tous les anciens contes d'esprits et de revenans qu'elle avait appris de sa vieille grand'mère.

Je trouvais fort plaisant de fournir

ainsi à l'entretien du peuple, et d'être l'original du plus noir diable de l'enfer; cependant cette comédie finit d'une manière tragique.

Plusieurs de mes camarades formèrent la résolution de découvrir l'origine de ce bruit, dont ils soupçonnaient la cause sans en deviner le héros. Malheureusement je ne me trouvai pas avec eux lorsque ce projet fut formé, et ils purent en venir à l'exécution sans que j'en eusse connaissance.

Mon propre ami de W*** était à la tête de cette bande joyeuse, qui, après avoir bien bu et longuement tenu la table, sortit pour s'emparer du spectre prétendu. Ils vinrent trop tard; la lanterne était éteinte, le mur escaladé; mais on le leur avait dépeint pour être la porte de l'enfer, et ils y demeurèrent collés. Au moment où j'en voulus descendre, ils me reçurent dans leurs bras. Ils me prirent d'abord pour un bourgeois, et ils se flattaient de me faire payer la façon de ma diablerie:

de mon côté, je ne pus reconnaître mes camarades, et, serré de si près, je croyais avoir tout à craindre des gens qui m'entouraient : mais nous fûmes également surpris, eux de me reconnaître, et moi d'être tombé entre les mains de mes amis, indiscrets peut-être, mais dont je n'avais rien autre à redouter. M'étant débarrassé de mon habit de masque, je les priai de ne pas faire de bruit ; ils m'accompagnèrent chez moi, pour y rire à leur aise de mon invention, qu'ils ne manquèrent pas de trouver admirable. J'eus cependant bien des reproches à essuyer sur ma trop grande discrétion à leur égard, et sur le mystère que je leur avais fait d'une farce qui les avait si fort intrigués.

Ils voulaient absolument savoir le nom de la personne qui me faisait jouer le rôle que j'avais pris ; mais je crus ne devoir leur faire que des réponses ambiguës, qui les mirent totalement en défaut. Chacun fut obligé de s'en tenir à ses propres conjectures ; mais ce qui m'aida le plus à les tromper, fut cette fatale cour commune à trois maisons, et dans lesquelles il y avait aussi de fort aimables personnes, entr'autres une demoiselle le Rosai, sur laquelle les soupçons de plusieurs parurent même s'arrêter. Cependant le jour commençait à paraître ; ils allèrent prendre du repos, et malgré les événemens de la nuit, je dormis fort tranquillement jusqu'à dix heures du matin. J'étais à peine habillé, lorsque mon ami, le jeune comte de W*** entra dans ma chambre. Ses traits paraissaient altérés ; il était froid, rêveur ; mais j'attribuai son état à la veille précédente. Il débuta ironiquement avec moi ; je répondis sur le même ton. Il ne suffit pas de rire, me dit - il enfin, il faut aussi déjeûner. Viens chez la jolie fermière, c'est moi qui régale aujourd'hui. Je me laissai entraîner, et nous allâmes hors de la ville, dans une de nos guinguettes ordinaires. Le comte de W*** parut y reprendre sa belle humeur, et même, pour allonger la promenade, il proposa de rentrer en ville par un petit bois voisin , ce que j'acceptai volontiers.

Dès que nous y fûmes entrés, le comte mit l'épée à la main. Tu as du courage, me dit-il, voici le moment de le montrer; défends et ta personne et tes procédés.

Peignez-vous ma surprise ! je me vois attaqué par mon meilleur ami , par celui dont j'aurais défendu et l'honneur et la vie aux dépens de la mienne, sans sujet , sans motif, sans pouvoir m'expliquer avec lui, sans apprendre ni mes torts, ni ses plaintes. Mais ce n'était pas le moment d'entrer dans ces détails , il fallait me défendre ; je fus même si étourdi de cet assaut, que je le fis sans répondre un seul mot. Notre combat fut très-long : j'avais le sang-froid de l'innocence , la présence d'esprit d'un homme que la fureur n'aveugle pas, le désir enfin de ne pas ôter la vie à un ami contre lequel je ne me battais que pour sauver la mienne.

Dans cet état de défensive , je n'en étais pas moins attaqué avec une aveugle fureur. Ayant paré un coup trop faiblement, l'épée du comte glissa sous la mienne, et vint se rompre dans ma cuisse, par la résistance que l'os lui fit éprouver; mais lui-même bientôt s'enferra dans mon épée, par le grand mouvement qu'il donnait à son corps; et du coup il tomba transpercé. Songeant plus à lui qu'à ma douloureuse blessure, je me désespérais déjà d'un crime involontaire. Son domestique, qui nous suivait de loin, vola à notre secours, et nous fûmes portés à la ville, où ma plaie fut jugée peu dangereuse, tandis qu'on le croyait mourant. C'est ainsi que se trompe la faculté; car au bout de quelques semaines, le comte de W*** fut guéri, tandis que je souffrais encore. Ma plaie était fermée, mais des douleurs aiguës me faisaient toujours soupçonner que ma cuisse renfermait encore quelques débris de l'épée de mon adversaire, ce qui ne s'est que trop vérifié, malgré les assurances que me donnait mon chirurgien.

La manière dont j'avais été surpris à ma sortie de chez mademoiselle de S***, mon duel avec le comte de W***, toutes les circonstances qui avaient accompagné ces événemens s'étaient succédées avec tant de rapidité, que je fus long-temps sans pouvoir rassembler mes esprits, ni décider si je faisais un songe ridicule et pénible, ou si j'étais réellement éveillé et malade. Les soins de l'art, les instrumens tranchans me persuadèrent enfin de mon état. Je me demandais ensuite pourquoi je m'étais battu ; mais je ne pouvais répondre à cette question, de sorte que je fus de nouveau sur le point de croire que j'avais perdu la mémoire, ou que le comte de W*** était devenu fou.

Je m'arrêtai à cette dernière idée ; en conséquence j'envoyai mon domestique m'informer de sa santé et de sa raison. C'était le dixième jour après notre combat. On me rapporta pour toute réponse, que depuis une lettre qu'il avait reçue, un délire violent s'était emparé de ses sens ; qu'il prononçait souvent mon nom ; qu'il s'accusait d'avoir poignardé son ami ; qu'à chaque instant il s'informait de moi, en disant qu'il ne méritait plus de vivre. Pour lors je pris le parti de lui envoyer monsieur de Chevert, un de nos amis communs ; et comme je ne pouvais écrire, je le chargeai verbalement de découvrir les motifs qui avaient occasionné notre duel. De Chevert revint bientôt, et m'apprit, à ma grande surprise, que le comte de W***, trompé par le mystère que je m'étais obstiné de garder sur ma dernière aventure, avait conclu de mes discours et de mon silence, que mes hommages s'adressaient à mademoiselle le Rosai, et qu'en le trahissant elle m'accordait ses faveurs ; qu'il avait cru me voir sortir de chez elle, et non d'ailleurs ; que ses soupçons avaient été fortifiés par ma conduite et par le ton réservé qu'avait pris depuis peu avec lui mademoiselle le Rosai ; qu'en conséquence il avait cru devoir se battre avec un homme qui, sous le nom d'ami, avait porté la séduction dans le cœur de celle qu'il aimait; mais qu'un billet de mademoiselle le Rosai venait de porter le désespoir dans son cœur, en lui faisant voir qu'il avait été injuste et trompé par de fausses apparences, et en lui annonçant qu'elle avait couché à la campagne, chez une amie, la nuit même qu'il avait cru me voir sortir de sa maison; du reste, qu'il me priait d'accorder à sa trop grande vivacité, un pardon devenu nécessaire à sa tranquillité et à son rétablissement.

Je me hâtai de le faire assurer que mon amitié pour lui était toujours la même, et que loin de le blâmer, j'eusse peut-être agi avec aussi peu de prudence que lui, si je me fusse trouvé dans les mêmes circonstances. Ces paroles servirent beaucoup à le tranquilliser, et dès qu'il fut en état de sortir, nous fûmes de nouveau inséparables. Cette intimité ne dura pas long-temps, il fut bientôt placé dans les gardes du Roi, et obligé, par son service, de se

rendre à la cour : son oncle, notre colonel, devint officier général, et le régiment fut donné à monsieur de Triel.
Peu de temps après, nous reçûmes
l'ordre de nous embarquer, pour soutenir la cause des treize Etats-Unis de
l'Amérique, dont la France voulait assurer la liberté. L'espérance et le désir
de me distinguer dans cette guerre,
me firent bien vite oublier que je laissais en France mon protecteur, ma
santé et mon ami. Nous abordâmes
bientôt en Amérique, et c'est sur cette
rive étrangère qu'a été forgée la longue
chaîne de malheurs qui ont flétri ma
jeunesse, et hâté l'heure de ma mort.
Jusqu'à présent, mon existence paraît
n'avoir été remplie que d'événemens
communs ou indifférens, mais vous
verrez que nécessairement je devais les
retracer ; et puisque je vous dois l'histoire de ma vie, il fallait me peindre
tel que j'étais alors, jeune, imprudent,
téméraire. Je ne vous ai point caché
mes défauts ni mes égaremens, et n'en

était-ce pas un bien coupable, que de porter le déshonneur dans une famille honnête , la séduction dans un cœur jeune encore, qui eût conservé sa vertu, son bonheur, tandis qu'aujourd'hui il languit encore de la faute irréparable que je lui ai fait commettre ? Mais il était trop tard lorsque j'en aperçus l'étendue; il est vrai que déjà , pendant ma maladie, je commençai à éprouver le repentir que procure le crime; mais ses suites, long-temps après, me l'ont appris bien mieux encore. Une funeste expérience m'a fait connaître le remords qu'une première faute entraîne, et combien, pendant le cours de notre vie , elle influe sur notre bonheur...... Mais n'anticipons pas sur les événemens , il est nécessaire d'en suivre exactement le fil.

Notre nouveau colonel était un homme d'un caractère dur et féroce, exigeant beaucoup de ses subordonnés, vil et rampant devant ses supérieurs, jaloux d'une belle action, incapable d'en faire

aucune , et, pour finir son portrait ,
implacable dans ses vengeances. C'est
ainsi qu'il fut jugé unanimement peu
de jours après son arrivée au régiment.
Il avait amené avec lui un fils aussi
aimable qu'il l'était peu ; mais la haine
que l'on portait à l'un enveloppait l'autre.
Je sus seul en apprécier la différence ,
et je me méritai bientôt l'attachement
du fils et quelques distinctions de la part
du père, qui voulut bien se dépouiller
quelquefois à mon égard de la morgue
que donne l'autorité à l'homme qui ignore
tout , excepté les droits de sa place.

C'est dans une de ces conversations
que je lui appris que ma mère était
française , que mon père avait servi quelques années, mais qu'au moment de s'é-
tablir , il avait quitté les armes pour jouir
en paix de la tranquillité au sein de la
patrie qu'il avait adoptée. Aurais-je pu
croire qu'au milieu de l'Amérique, je
pus me trahir en racontant des événemens dont vingt et quelques années auraient dû effacer le souvenir , lors même

que j'aurais avoué les noms et les circonstances propres à les faire remarquer ?
Je ne m'attendais guère à l'entendre
insister pour connaître la famille de ma
mère ; ce ne fut qu'alors que je sentis
que le mensonge serait prudent ; mais
une délicatesse insurmontable me défen-
dit de le prononcer, et je lui déclarai
avec franchise que des raisons particulières, mais qui n'avaient rien que d'honorable pour elle, me forçaient à garder
le silence le plus absolu. Notre conversation en demeura là.

Peu de jours après, un vaisseau venu
d'Europe lui apporta la nouvelle de la
mort de son beau-père, ce qui nous
obligea à lui aller faire en corps le
compliment d'usage. Un égoïste cache
difficilement sa façon de penser, aussi
notre colonel répondit-il froidement,
que son beau-père, le comte de Verteuil, étant vieux, il s'attendait depuis
long-temps à cette perte.

Le comte de Verteuil ! c'était là le
nom de ma mère. Celui dont on re-

grettait si peu la mort, c'était mon aïeul ;
ce chef si fier, c'était mon oncle, qui
avait épousé la sœur cadette de ma mère
infortunée. Hélas ! je l'ignorais ; et ce
nom, prononcé par hasard, fut le premier trait de lumière qui me fit reconnaître de trop cruels parens. Un jeune
homme sait peu se contraindre : mon
trouble fut visible ; l'œil sévère de monsieur de Triel s'arrêta sur moi ; il lut
dans mon cœur, et me lança un regard
foudroyant et terrible. Vous êtes ému,
monsieur, me dit-il avec hauteur, con-
naîtriez-vous cette famille ?.... Je balbu-
tiai quelques mots ; mais mon embarras
disait tout. Je me rappelai l'imprudence
des discours que je lui avais tenus ; mais
enfin rappelant mon courage, je formai
le projet de braver sa vengeance, et
cependant de mesurer mes paroles et
mes actions.

Pendant que je m'occupais des moyens
d'éviter la colère de mon chef, celui-ci
tramait ma perte. Son fils lui-même
m'observa avec chagrin que son père

n'avait plus pour moi cette amitié, ces attentions, dont il me distinguait auparavant ; mais comme il n'avait aucun soupçon de parenté qui nous unît, je ne lui découvris rien qui pût lui apprendre la cause de ce changement.

Je ne tardai cependant pas d'en ressentir les effets ; le premier fut un passe-droit. Par mon rang, et suivant l'espérance qu'on m'en avait donné, je devais avoir une compagnie ; un autre l'obtint. Je n'étais pas fait aux affronts. Je me plaignis au général ; il se borna à en instruire monsieur de Triel, qui en prit occasion de me témoigner ouvertement sa haine. Peut-être réfléchit-il que le même esprit hardi et remuant, qui, pour un léger passe-droit, avait réclamé une autorité supérieure, pourrait un jour me porter à revendiquer la portion des biens du comte de Verteuil, qui aurait dû revenir à ma mère, et dont il était en possession. Tous ces motifs accumulés étaient suffisans pour lui faire désirer ma perte, et me trouver coupable où tout autre eût été innocent. Il fallait un prétexte : je le fournis moi-même.

Nous avions été détachés de la grande armée pour couvrir les convois qui devaient passer les grands lacs, convois perpétuellement ou enlevés ou attaqués par les Anglais, qui, affaiblis par leurs pertes, se bornaient à nous inquiéter, et quelquefois à nous enlever nos postes avancés. Notre colonel était resté à l'armée, éloignée de nous, avec son premier bataillon et tous nos grenadiers, de sorte que je me trouvais seulement avec trois cents hommes, trois officiers, le fils de notre colonel et un monsieur de Moussi. Ceux-ci eurent une rixe, et choisirent le pistolet pour la vider. De Moussi prit un monsieur de Chatelnaud pour son second ; je fus celui du jeune de Verteuil, et je le vis recevoir au travers de la tête une balle dont il expira sur-le-champ. Quoique M. de Moussi se fût conduit en galant homme, il connaissait si bien notre chef, que pour se soustraire à sa vengeance, il se jeta chez

les Anglais, où il s'est ensuite distingué.
Quant à moi, secondé par M. de Chatelnaud, nous creusâmes au pied d'un platane un tombeau à notre ami infortuné ; nous l'y déposâmes, après l'avoir arrosé de nos larmes.

Personne n'avait eu connaissance de ce que ce duel était devenu, non plus que M. de Moussi, qui nous commandait.

Deux jours après, nous fûmes attaqués dans notre poste par onze ou douze cents Anglais. J'étais le premier officier de notre détachement, et j'en pris la conduite ; mais après trois heures de combat, M. Chatelnaud ayant été tué, moi blessé, mon monde investi, et la plupart m'ayant lâchement abandonné, je fus contraint de céder à la force, de me rendre au colonel Gips, et de me laisser conduire à son cantonnement, où je fus traité avec tous les égards qu'on peut attendre d'un peuple libre et généreux. J'étais sans argent, sans connaissances, sans ressources ; mes équipages avaient été enlevés : j'étais enfin prisonnier, et couvert de blessures assez dangereuses ; mais dans l'horreur de mon état, je n'eus qu'à me louer du traitement du vainqueur.

On suppléa à tout ce qui me manquait ; et lorsque mes plaies furent fermées, je m'apercevais à peine de ma captivité. Cependant je souffrais de devoir à la bienfaisance de mes ennemis le bien-être dont je jouissais, et j'attendais avec impatience un échange de prisonniers. Il y avait déjà huit mois que j'étais dans cette pénible situation, lorsque le colonel Gips entra dans ma chambre, et me dit, après un début affectueux, qu'ayant ouï dire que le jeune comte de Triel avait été tué, il désirerait apprendre de ma bouche les particularités de sa mort. Je l'en instruisis sans détour, pendant qu'il se promenait à grands pas, comme un homme profondément affecté d'un événement qui ne me paraissait pas devoir le concerner. Dès que mon récit fut fini, il me quitta sans proférer une parole.

Le lendemain, de bonne heure, il vint de nouveau chez moi, et me se-

conant la main à l'anglaise, il me dit :
ami, tu es libre; je te rends ta parole,
comme je t'ai déjà rendu ton épée; mais
crois-tu que je te livrerai à ces Français,
à ce scélérat de Verteuil? Non, je ne
permettrai pas que tu quittes des ennemis qui t'aiment, pour passer chez des
amis à qui tu es odieux. Tu ne me com-
prends pas; eh bien ! écoute, et désire
encore de retourner en France, ou de
joindre tes drapaux, pour nous combattre, et pour soutenir nos enfans ré-
voltés. Tu n'es pas Français, je le sais.
Tu es de cette republique dont nous es-
timons les habitans, parce qu'ils sont
justes, francs et loyaux comme nous. Tu
as voulu servir la France contre les Anglais; tu avais tort, mais tu t'es bien
défendu. Je t'en estime; et si tes sol-
dats t'eussent ressemblé, je serais ton
prisonnier. J'ai envoyé à ton colonel
toutes les lettres que tu lui as écrites; il
ne t'a point répondu. Tu désirais ton
échange, j'ai travaillé pour toi : hier
enfin j'en ai reçu la nouvelle certaine.

Voici ce que j'ai appris de plus. Ton chef t'a accusé d'avoir assassiné son fils, parce que, te disant allié à sa famille, tu aspirais à la possession de ses biens; il a produit des domestiques qui prétendent t'avoir vu l'enterrer. Chatelnaud étant tué, n'a pu déposer de ton innocence; tu as donc été accusé, jugé et condamné par ton ennemi; et afin que tout moyen de justification te soit interdit, une de ces lettres de tyrannie, que vous nommez lettre-de-cachet, va se lancer contre toi : tu es cassé; ta place est donnée à un autre, et l'on vient de m'écrire de te renvoyer sûrement à ton corps. Me crois-tu capable de te livrer de sang-froid aux cachots qui s'apprêtent, où t'attendent peut-être encore le poison et le fer de tes secrets ennemis? Non, un Anglais n'est pas lâche à ce point. Tiens, lis ces lettres, elles te prouveront ce que je viens de te dire. Un moment, j'ai douté de ton innocence; mais hier je t'interrogeai, tu me répondis avec candeur; M. de

Moussi m'a confirmé ces détails, aujour-
d'hui je n'ai plus de doutes.... Ecoute,
mon ami, la France veut te perdre,
l'Angleterre te reçoit; sers avec nous,
et ne crains ni l'injustice ni les passions
des méchans.

Jugez de l'effet que produisit sur moi
cette terrible nouvelle; moi, qui avais
toujours fidèlement suivi les lois de
l'honneur, qui avais rempli les devoirs
de mon état avec une exactitude irré-
prochable, je deviens avili, déshonoré,
sans pouvoir ni me défendre, ni me
venger. Si je rejoins mon corps, des fers
m'attendent; si je fuis, l'ignominie reste
attachée à mon nom, mille voix s'élè-
veront pour me condamner, aucune
pour me défendre.

Ames sensibles, qui avez aussi éprouvé
l'infortune, concevez l'horreur de ma
situation! inutile sur la terre, sans fortune, sans état, à mille lieues de la
ville qui m'a vu naître, et où je n'ai
qu'un frère, qui peut-être partage les
infortunes attachées à notre famille, que

deviendrai-je ? Servir les Anglais, n'est-ce pas le moyen de persuader que j'ai été justement condamné, que je suis traître et coupable ? Et ces Anglais n'ont-ils pas proscrit ma famille ? ne faudra-t-il pas qu'au milieu d'eux je cache ma naissance ? la moindre indiscrétion ne me fera-t-elle pas de ces nouveaux amis autant de cruels bourreaux ?

C'est ainsi que sans les soins officieux de quelques Anglais qui ne me quittèrent pas, j'aurais mis fin à mes peines. Leurs soins me rappelèrent à une vie odieuse, et le baume salutaire du sommeil s'étant enfin emparé de mes sens, je me trouvai le lendemain un peu plus tranquille. En me levant, je trouvai sur ma table un paquet à mon adresse, avec deux cents guinées. Un billet très-court et sans signature, qui y était joint, supposait que cet argent était la restitution d'un inconnu, dont je devais hardiment profiter. Toutes mes recherches ne purent me faire découvrir mon bienfaiteur ; et lorsque le colonel Gips rentra,

selon sa coutume, et que je crus le trouver en lui, il me répondit avec un grand
sang-froid, qu'il était fâché qu'on l'eût
prévenu, et que du reste, sa bourse
était toujours à mon service. M'ayant
ensuite demandé avec la même tranquillité, si j'accepterais une compagnie dans
son régiment, comme il avait ordre de
me l'offrir, je lui fis à ce sujet toutes
les objections que je m'étais faites à moi-
même, en lui taisant cependant ma
naissance. Il en parut frappé, et me déclara que quelqu'envie qu'il eût de me
conserver, il ne me solliciterait pas davantage. Il ajouta : puisque vous ne
voulez pas servir chez les Anglais, et que
les Français vous trahissent, il ne vous
reste d'autre parti que celui de retourner en Europe. Nous allons envoyer plusieurs vaisseaux en Angleterre, vous
pouvez en profiter. Je vous donnerai des
lettres pour mes amis ; ils vous y procu-
reront tout ce que vous pourrez désirer,
et, lorsque ce séjour vous ennuiera, il
vous sera facile de regagner tel port du

continent que vous voudrez. J'acceptai
ses offres, et au bout de deux mois je
fus rendu, sans aucun accident, au sein
de ma vraie patrie. Je fus attendri, je
l'avoue, en voyant pour la première fois
cette île où j'aurais dû naître; et cependant, comment y paraissais-je ? uniquement par la générosité de ces mêmes
Anglais, qui jadis avaient dépouillé mes
ancêtres. J'étais dans ma patrie, mais
étranger, inconnu, sous un nom supposé; il m'était défendu de nommer ma
famille, et les Anglais pour mes conci-
toyens.

Au moyen des recommandations de
M. Gips, je fus bientôt présenté et reçu
dans plusieurs maisons très-puissantes;
souvent j'étais conduit chez des seigneurs
devenus usurpateurs de nos biens; mon
cœur alors se révoltait à leur vue. Ils
étaient heureux, riches, puissans, et moi
un faible insecte, qui n'avait à me glorifier que de n'être pas encore écrasé.

Chaque instant me retraçant, sur cette
terre, mes malheurs et ceux de mes

aïeux , je résolus de l'abandonner ; mais auparavant je voulus voir le séjour de mes ancêtres. Je fis donc, sous quelques prétextes, le voyage d'Ecosse, et à deux lieues du château de mes pères, je laissai mes chevaux pour continuer ma route à pied. J'y arrivai au moment où le soleil allait s'ensevelir dans l'onde ; son ombre allongeait tristement les tours du château. J'approche davantage , je reconnais des armoiries, c'étaient celles de ma famille , dont le temps avait épargné la sculpture, et que les hommes avaient oublié d'effacer. A cette vue mes jambes chancelèrent, j'étais comme un criminel occupé à commettre un meurtre, et qui craint d'être décelé par les yeux d'un passant. Pourquoi cette frayeur ? je l'ignore ; c'était un mouvement involontaire, l'effort d'un cœur gonflé d'amertume et de désespoir ; il me semblait qu'il m'était défendu de lever mes regards sur ces donjons que l'injustice m'avait ravis. Un vaste jardin était ouvert, j'y entrai, j'y passai la nuit la plus

cruelle. Toutes les heures venaient tristement frapper mon oreille, et le soleil
me retrouva sur une terre humide de la
rosée et de mes pleurs. Je me traînai
dans le temple pour y répandre de nou-
velles larmes sur le tombeau de mes ancêtres ; j'y lisais leurs alliances brillantes,
leurs titres pompeux ; ils n'étaient plus,
et moi, qu'étais-je ? moins qu'eux sans
doute.... Ils vivaient sous la gloire d'un
nom dignement illustré. Un vieillard se
rendit dans le temple tandis que j'étais
ainsi douloureusement occupé. Il s'ap-
procha de moi, et d'un cœur attendri,
vous lisez, me dit-il, le nom de nos
anciens seigneurs ; hélas ! je les ai con-
nus. —Vous ?—Oui, monsieur, j'ai vu
le dernier avant qu'il fût accablé de son
malheureux sort ; il fut bien généreux,
aussi a-t-il été bien regretté. Depuis qu'il
a été obligé de se soustraire avec notre
roi, aux poursuites de leurs ennemis, je
m'en suis informé inutilement ; j'ignore
même le sort de ses enfans.... Il parlait
de mon aïeul et de mon père ; j'allais

me trahir; je le quittai, pour traverser
de nouveau le jardin où j'avais passé la
nuit. J'y rencontre un jeune homme; il
m'arrête : Où allez-vous, me dit-il avec
le ton de l'insolence, et qui vous a permis d'aller dans ces lieux ? ce jardin
m'appartient.—Il t'appartient, répliquai-
je avec ce sombre courage que donne
le désespoir, il t'appartient ! Apprends,
jeune homme, à respecter un étranger,
un inconnu ; tu es sans défense, et trop
jeune pour que je te fasse repentir de
ta témérité ; mais..... Dans ce moment
un homme âgé, père de ce jeune homme,
avait tout entendu. Loin de me blâmer,
il réprimanda son fils ; puis s'adressant
à moi, et m'en faisant des excuses, il
m'invita à entrer dans les appartemens.
Je l'acceptai, en lui disant que j'étais
un prisonnier échangé, nouvellement
arrivé d'Amérique, et qui voyageait en
attendant le moment, peu éloigné, de
quitter les Iles Britanniques. Je parcourus avec lui les principaux appartemens
du château ; il m'en fit remarquer plu-

sieurs, comme méritant d'être distingués des autres. Dans l'un je vis une collection des portraits de mes ancêtres, que terminait celui de mon aïeul; dans l'autre, les seigneurs rassemblés avaient prêté le serment de rétablir leur roi sur son trône, ou de périr les armes à la main, serment qu'ils ont tous accompli par leur mort. Lui-même me donnait ces détails, auxquels je ne répondais que par quelques monosyllabes. Enfin m'ayant conduit dans un sallon où on avait préparé un déjeûné anglais, c'est ici, me dit-il, que la dernière duchesse de la famille, qui possédait cette terre avant moi, a été poignardée par les troupes parlementaires, ou plutôt par des ennemis particuliers de la maison des Stuards. Son sang.... Il aurait continué; mais à ce trait, le souvenir amer des événemens qu'on me retraçait fit circuler le feu dans mes veines, je brûlais de l'éteindre dans le sang de l'odieux instigateur de tant de cruautés. Je l'interrompis : adieu ! lord, lui dis-je, j'en

5*

ai vu plus que je ne désirais. Conservez vos terres et vos châteaux ; que votre fils défende à son maître de fouler la terre dont il est le seigneur légitime ; offrez le spectacle du sang d'une mère à son infortuné descendant. Mais le jour de la vengeance arrivera peut-être, et sur-tout redoutez celui-là, où les biens acquis par le crime écraseront leurs injustes possesseurs ! Puis laissant ce vieux lord douter si un homme ou un fantôme lui tenait ce langage, prononcé avec l'énergie de la vérité, et jetant un dernier regard d'indignation, je m'élançai et m'éloignai bien vite de ces lieux.

J'avais trouvé autrefois dans les papiers de mon père une correspondance qu'il avait entretenue pendant quelque temps avec un gentilhomme écossais, qui, secrètement attaché aux Stuards, avait conservé sa fortune et son état. Je me rappelais même qu'il avait cru persuader à mon père de faire un voyage en Ecosse avec la promesse de lui donner alors des renseignemens utiles, voyage que l'inquiète sollicitude de ma mère ne lui avait pas permis d'entreprendre. Je parvins à me rappeler le nom de ce gentilhomme; et ne me trouvant pas éloigné du lieu qui, dans ce temps, devait être habité par lui, je m'informai si ses descendans existaient encore. J'appris, à ma grande surprise, que lui-même était plein de vie, quoiqu'âgé de quatre-vingts ans passés. Je me rendis chez ce vieillard, qui vivait isolé, dans un vieux château qui existait depuis le temps des anciens Normands. Des domestiques, presqu'aussi vieux que leur maître, coururent lui annoncer un étranger; mais il refusa de paraître. Je les envoyai de nouveau lui représenter, qu'étant venu de fort loin pour le voir et lui communiquer des affaires importantes, il me serait fâcheux de partir sans avoir eu cette satisfaction. Nouveau refus. Mon maître, me dit un de ces domestiques, qui paraissait une espèce d'intendant, mon maître n'a plus d'affaires, et ne veut plus entendre parler de celles des autres. Vous êtes jeune, il est vieux. Vous ne le connaissez pas, il ne sait qui vous êtes, et il n'aime pas les étrangers; il vous prie de vous dispenser d'une visite qui lui est importune. A cette dernière réponse, je me fis donner une plume, et ayant écrit ce peu de mots : « C'est le fils de ton ami, le comte de » M***, que tu refuses de recevoir. » Je les cachetai, et j'obtins, quoiqu'avec beaucoup de peine, du domestique du vieux baron, qu'il les porterait sur-le-champ à son maître. Dès qu'il les eut reçus, toutes les portes me furent ouvertes, et bientôt je fus introduit dans son cabinet, où ses gens reçurent l'ordre de nous laisser. Ce vieillard qui se soutenait sur des béquilles, les jeta par terre pour sauter à mon col. C'est donc, s'écria-t-il, le descendant de nos rois que j'embrasse ; je ne désirais que ce bonheur sur le soir d'une vie trop longue, puisqu'elle ne m'offrit jamais que le spectacle de l'injustice. Je désespérais que le ciel voulût exaucer mes prières ; depuis dix ans je n'ai reçu aucune nouvelle de ton malheureux père; il n'a pu m'oublier, mais sans doute il est mort..... — Il n'est que trop vrai, lui dis-je; mais en mourant il nous parla de vous..... Une épouse chérie, des enfans, lui ont empêché de faire une course désirée. — Je t'entends; mais toi, quel sort ou quel hasard conduit ici tes pas? — Alors je lui contai ma vie et mes malheurs, je vis des larmes se mêler aux cheveux blancs qui ombrageaient son visage. Puis reprenant un air plus serein, il me dit : Dans ces temps de trouble et d'horreur, où les frères et les enfans se divisaient pour suivre chacun le parti que leur ambition présentait le plus favorable à leurs yeux, tous vos ancêtres embrassèrent, comme vous le savez, le parti du malheureux Jacques; vos maisons furent pillées, vos titres détruits, vos biens, ou confisqués ou donnés en récompense à vos plus cruels ennemis qui se partagèrent vos dépouilles, pendant que vous mendiez dans des cours étrangères des secours impuissans. Quoique mon cœur fût fidèle, comme les vôtres, à notre roi, je gardai dans mes démarches une certaine modération qui me fit rester dans une heureuse obscurité; et quoiqu'uni avec vous par les liens du sang, ma personne et mes propriétés, du reste peu considérables, furent respectées. Un de nos parens communs, moins sage, se jeta ouvertement dans le parti du nouveau gouvernement; pour prix de sa trahison, il reçut une partie de vos dépouilles, tandis que le L. de D*** s'emparait de vos principales terres. Mais ce lâche n'a pas joui long-temps de sa fortune usurpée, il est mort subitement depuis quelques années, sans avoir pu disposer de ses biens. J'en ai été nanti comme son parent le plus proche. Vous pensez bien que jamais je ne me suis considéré que comme le dépositaire de cette fortune; aujourd'hui, qu'après les inutiles efforts que j'ai faits pour vous découvrir, je vous retrouve enfin, mon premier devoir est de vous remettre ce qui vous appartient. J'ai réalisé pour six mille guinées; dans cet instant vous pouvez en disposer, de même que des arrérages qui ont à-peu-près doublé cette somme. Vous avez un frère, dites-vous; eh bien! quittez cette terre ingrate, et retournez auprès de lui pour jouir tranquillement ensemble de cette petite fortune.

Puis, ouvrant une cassette, il étala à mes yeux la somme qu'il voulait me remettre. Je lui représentai inutilement que ce bien lui appartenait, et que cette succession lui était légitimement acquise; toutes mes réflexions ne purent l'engager à changer de résolution. Je fus donc obligé d'accepter douze mille livres sterlings que renfermait la cassette; et, brûlant du désir de la partager avec mon frère, dont je n'avais pu recevoir aucune nouvelle depuis mon embarquement pour l'Amérique, je me décidai à partir promptement pour la Suisse, où j'espérais le retrouver. J'allai à Londres, où je pris pour quatre mille guinées de lettres-de-change sur l'Italie et sur Genève; j'achetai encore des diamans pour deux mille guinées, et, muni de ces effets et du résidu de ma fortune, je m'embarquai pour Livourne, la guerre et mes raisons particulières ne me permettant pas de passer en France.

C'était dans le temps de cette magnifique et si inutile expédition des Français contre Gibraltar ; mais s'ils ne purent s'emparer de cette forteresse, du moins parvinrent-ils à se rendre les maîtres du frêle bâtiment sur lequel j'étais passager. Nous fûmes jetés dans une de leurs flottes, et leur nombre rendant le courage inutile, nous fûmes obligés de nous rendre. Notre vaisseau fut conduit à Rochefort où m'attendaient de nouveaux malheurs. Dès que l'amirauté eut, avec les formalités d'usage, déclaré notre vaisseau de bonne prise, je cherchai à obtenir ma liberté en alléguant que j'étais un étranger qui, loin de vouloir combattre contre la France, ne désirait que de rejoindre sa patrie. Le capitaine et l'équipage déposèrent en ma faveur ; mais on exigeait que j'en fournisse d'autres preuves, ce qui m'était assez difficile, car, dès le moment que notre captivité fut assurée, j'avais jeté mon porte-feuille dans la mer ; il ne me restait que mes lettres-de-change et mes diamans cousus dans mon habit : quant à mon or , on m'en avait généreusement débarrassé.

Les lenteurs et les formalités que j'éprouvais pour obtenir ma liberté m'engagèrent à écrire en Suisse, afin d'en obtenir des témoignages qui pussent les abréger. En attendant , j'étais dans une douce captivité. Un jour, j'aperçus de ma fenêtre madame de S***, la mère de mon ancienne maîtresse ; elle me reconnut aussitôt, et, dans une assemblée où elle se trouva le même soir chez le général, elle ne manqua pas de parler de l'étranger retenu dans la ville, et qu'elle me connaissait pour être un officier du régiment que commandait M. de Triel ; qu'elle m'avait vu souvent à la Rochelle, et que ses yeux ne pouvaient la tromper. Sans m'en communiquer un seul mot , sans m'interroger, sans me laisser soupçonner seulement que j'étais vendu , le général en écrivit à M. de Triel qui était de retour

à Paris; et, pour toute réponse, ce dernier retrouvant la lettre-de-cachet lâchée
il y avait deux ans contre moi, dépêche
aussitôt pour m'enlever un exempt et
quatre suppôts de la police. Un matin
ces messieurs entrent dans ma chambre,
et me prient poliment de les suivre; un
carrose m'attendait à la porte, je ne pus
refuser. Ce fut inutilement que dans la
route je tentai de fléchir le cœur de mes
archers, je ne pus y parvenir; on ne me
laissait voir personne, ni parler à qui que
ce soit. Cependant à mon arrivée à Paris,
l'on parut embarrassé sur ma destination.
La bastille regorgeait de victimes minis-
térielles; Vincennes et toutes les autres
maisons de cette espèce étaient remplies,
grâces à l'extrême générosité du distribu-
teur de lettres-de-cachet. C'est du moins
à cette cause que j'ai attribué ma transla-
tion au château de Ham, en Picardie,
château qui du reste, à quelques égards,
valait bien la Bastille.

Des marais profonds et puans l'entou-
rent de tous côtés, et c'est-là que les cra-

pauds, mêlant leurs voix à celles des chouettes, font un concert éternel...... Des fossés larges et profonds, des murailles hautes et épaisses, d'énormes portes de fer défendent, non l'entrée, mais bien la sortie de ce fort. Une cinquantaine d'invalides en forment la garnisou commandée par un état major. Comme à la Bastille, rien n'y manque, ni geôlier, ni porte-clefs, ni serrures, ni verroux.

Ce fort, mesuré intérieurement, a une place, ou plutôt une cour de cinquante pas de long et autant de large ; sur la droite de cette cour sont bâties les casemates de la garnison, sur la gauche est un vaste et solide bâtiment où l'on renferme quelques prisonniers ; ceux - ci, moyennant de l'argent, peuvent se procurer des douceurs, satisfaire quelques fantaisies, voir le ciel au moins à travers leurs grilles, et les habitans du château se promener dans les cours. Il ne leur est pas même impossible d'entretenir, par le moyen de quelqu'invalide gagné, une communication au dehors. Mais tous ne jouissaient pas de ces avantages , et ce logement n'était destiné que pour les amis du ministre, au nombre desquels il paraît que je n'étais pas.

Derrière le logement de l'état-major, au coin du fort, du côté de l'orient, existe une tour fameuse dans les annales du despotisme , laquelle se découvre de deux lieues à la ronde. Elle est divisée en six étages , et on y entre de plain-pied par celui du milieu ; c'est-à-dire , que la tour s'élevant de soixante-dix pieds au-dessus du niveau de la place , est creusée au-dessous dans une égale profondeur ; chaque étage , élevé d'environ vingt à trente pieds , ne forme qu'un seul et vaste cachot éclairé par le moyen d'une fente étroite que resserrent d'énormes barreaux. Cette tour, construite de pierres de tailles et de moëlons, est revêtue de briques ; ses murailles ont vingt-cinq pieds d'épaisseur , et elle est terminée par un faîte plat, pavé et muni dans ses bords d'un parapet en briques.

Je vous ai observé que chaque étage de

cette tour ne forme qu'un seul cachot, de sorte que pour monter dans les étages supérieurs, l'on a construit à côté une autre tour plus petite, et qui sert d'escalier. Il faut encore remarquer que chaque étage forme une voûte à plusieurs ceintres, comme les bas-chœurs de nos ci-devant églises, et que les portes étant de fer, il n'entre pas une seule pièce de bois dans la construction de cette tour. Depuis l'étage du milieu jusqu'au faîte plat qui couronne cet édifice, il y a une ouverture ronde, d'environ trois pieds de diamètre, qui perce perpendiculairement ces quatre voûtes, ouverture nécessaire pour hisser jusqu'au haut les pièces d'artillerie qui défendent ce fort.

Quant aux cachots creusés au-dessous du niveau de la place, ils ne reçoivent de lumière que par une fente obliquement pratiquée, mais où ne percent jamais les rayons du soleil. C'est dans un de ces caveaux souterrains que je fus plongé ; sans doute on m'avait laissé des habits, je n'avais pas été fouillé, je n'étais pas même chargé de chaînes, et mon appartement, était assez spacieux pour y prendre quelque mouvement. Cependant un air qui jamais n'était renouvelé, l'humidité la plus infecte, l'obscurité qui y régnait, et qui m'enlevait la vue du ciel, de la terre et des hommes, me rendaient ce séjour d'autant plus odieux, que j'ignorais le sort qui m'était destiné.

Hommes qui avez toujours joui d'une fortune heureuse, qui n'avez point été la victime des cruelles vengeances de petits tyrans, qui n'avez enfin jamais reçu l'utile mais terrible leçon de l'infortune, vous ne pourrez vous peindre le sort d'un homme, jouet du sort dès sa naissance, dans la jeunesse traversé, persécuté, injustement flétri, et à la fleur de son âge plongé dans de sombres cachots où il n'a de consolateurs que son désespoir, l'espérance et la mort, où il végète sans qu'on l'écoute, sans qu'on veuille lui permettre de plaider un seul instant pour son innocence et ses malheurs! Là, privé d'amis, de secours, souvent de nourriture et toujours de lumière, ses soupirs répétés tristement par les lugubres échos de sa voûte sépulchrale, sont les seuls sons qui viennent le frapper; ou si d'affreux geôliers font retentir les barres de fer qui le séparent du reste du monde, ce bruit lui annonce ou la mort, ou la perpétuelle durée de son esclavage. Là, après un jour passé dans l'angoisse, on redoute une nuit qui ne nous permettra qu'un bien faible repos; mais on redoute plus encore un lendemain qu'on voudrait voir s'anéantir.

C'est dans cette situation que j'ai passé cinq mois, sans voir d'autre figure humaine que celle de mon geôlier, sans pouvoir ni écrire ni correspondre au dehors. J'avais pour 100,000 livres de papiers, et pour autant de diamans sur moi; je les aurais donnés pour voir une fois encore la clarté du soleil. Souvent j'ai cru attendrir mon geôlier; mais ce dernier m'imposait toujours silence.

Les diverses blessures que j'avais reçues en Amérique se rouvrirent après quatre mois de séjour dans ces lieux ; je ne pouvais presque plus abandonner la large pierre qui me servait de lit , j'attendais la mort ; et chaque jour l'approchant de moi , je sentais renaître l'espérance de mon entière liberté. Sans doute mon geôlier rendit compte de mon état, car un jour mes portes s'ouvrirent plus largement qu'à l'ordinaire, et, en me tendant la main, il m'ordonna de sortir avec lui. Nous montâmes par l'escalier de la petite tour dont j'ai parlé, et il me conduisit au cinquième étage, où il me laissa après m'y avoir enfermé. Mon premier mouvement fut d'examiner ma nouvelle demeure. Je la trouvai parfaitement semblable à celle que j'avais quittée, quant à sa forme et à sa grandeur ; mais l'air y circulait davantage , au moyen des deux fentes pratiquées dans le mur et de l'ouverture de la voûte. Du reste, la même impossibilité de s'évader, et même de former à cet égard aucun projet qui pût offrir l'espérance de réussir.

Je n'avais pas encore achevé mes observations, lorsque je vis entrer un chirurgien qui, après avoir visité mes plaies en présence de mon geôlier, les jugea dangereuses, et déclara qu'il était nécessaire de les panser deux fois par jour, observation qui, pour la première fois depuis ma captivité, m'arracha un sourire. Mon chirurgien tint parole; sa figure était douce, honnête; il me traitait avec moins d'insouciance et plus d'attention que je ne pouvais en espérer dans mon état malheureux, de sorte que je ne doutai pas de le trouver disposé à me servir, si je pouvais parvenir à le lui faire entendre. Mais la figure importune de mon éternel geôlier était un obstacle qui se renouvelait sans cesse; et j'usai d'un stratagême, pour m'en débarrasser.

Je commençai à parler médecine avec mon médecin; je feignis de connaître cet art; dès-lors je demandai à connaître tous les emplâtres qu'il m'appliquait. Mon chirurgien n'était pas bête, il m'entendit, et bientôt il me parla latin :

c'est ce que je désirais. Je feignis de me fâcher ; je le traitai d'ignorant, en ajoutant que je savais mieux que lui ce qui m'était nécessaire ; puis lui ordonnant de me faire un emplâtre, et d'y employer du papier, une plume et de l'encre, je continuai à les lui nommer en latin, et à donner le change à notre geôlier. Mon chirurgien fit quelques difficultés, il cita Hippocrate et Boerhaave ; mais lorsque je lui eus répondu que ces grands hommes se servaient pour eux - mêmes de ce que j'exigeais pour mes plaies, il se tut en me promettant l'emplâtre que je désirais, et dès le soir même il m'apporta avec un nouvel onguent, un paquet de bandages qui renfermait tout ce que j'avais désiré. Il est vrai que, pour obtenir plus facilement cette faveur, et afin que mon chirurgien me comprît mieux, je lui avais glissé le matin un assez joli diamant qui avait merveilleusement opéré.

Dès que je fus seul, je me mis à profiter de l'encre et du papier que j'avais reçus, et j'écrivis une lettre à mon frère, où détaillant toutes mes infortunes, je laissais à sa prudence le choix des moyens qu'il devait employer pour hâter ma délivrance; j'y renfermai les lettres-de-change que j'avais, je ne gardai que mes diamans, et le lendemain je remis cette lettre à mon chirurgien, auquel je parvins à faire entendre qu'il fallait la remettre dans quelque bureau de poste éloigné de notre séjour. J'ai su dès-lors qu'il avait fidèlement rempli mes intentions. J'adressai ma lettre à Genève, sans être sûr que mon frère y habitât encore.

J'attendis sans impatience l'effet de ses soins, je le connaissais à-la-fois hardi, ferme et prudent. L'amitié, qui nous liait autant que le sang, ne me laissait aucun doute sur ses efforts pour me délivrer; mais n'ayant, au bout de six mois, reçu aucune nouvelle, je commençai à craindre qu'il ne fût mort, ou, qu'égaré dans des régions éloignées, ma lettre n'eût pu lui parvenir. Je n'a-

vais plus mon chirurgien pour me fournir les moyens d'écrire, et, quand j'aurais pu le faire, je ne pouvais en tirer
aucune utilité, dans l'incertitude où
j'étais par le silence de mon frère.

Nul être dans la nature ne s'intéres-
sait à moi, mon cachot ne pouvait plus
se changer qu'en tombeau. Cependant
mon geôlier fut changé, on lui subs-
titua une figure moins vieille et moins
hideuse, et l'espérance rentra dans mon
cœur. Celui-ci ne refusa pas de s'entretenir avec moi malgré la défense
qu'il en avait reçu de ses chefs, et je
parvins enfin à l'intéresser en ma faveur, en lui promettant le plus invio-
lable secret, une somme de deux mille
livres que je devais lui remettre au
moment de ma liberté; et si, par son
secours, je pouvais l'obtenir, le soin de
sa fortune et de son établissement. Je
remplis incontinent l'une de mes promesses, en lui remettant quelques-uns
des diamans cachés dans mon habit.

Notre marché ainsi conclu, je me fis

instruire du nom et du logement de mes compagnons d'infortune. Il m'apprit qu'outre ceux qui avaient tout le fort pour prison, et qui n'avaient aucun intérêt à travailler à une délivrance dont ils étaient assurés à l'échéance de leur temps, il y avait dans ma tour trois prisonniers qui se trouvaient privés de toute espérance. L'un d'eux, logeant au-dessous de moi, dans le quatrième étage, était le comte de B* *, détenu depuis trente ans pour avoir empêché son oncle l'archevêque de P** de dire la messe, au moyen d'un coup de sabre qui lui avait fait voler la tête au pied de l'autel. On l'avait alors fait passer pour fou; il l'était effectivement devenu dans son cachot, où, perpétuellement couché, il chantait jour et nuit. Cet homme ne pouvant me servir, je le laissai chanter.

Un autre prisonnier logeait au troisième étage de la tour; c'était le chevalier de M. B., détenu pour une indiscrétion. Il était trop éloigné de moi

pour que nous puissions nous être de
quelqu'utilité. La voûte au-dessus de la
mienne était vacante, de sorte qu'il me
fallut perdre la pensée de partager mon
entreprise avec qui que ce fût. Je la formai donc seul avec mon geôlier; mais le
grand embarras était dans l'exécution. Il
était impossible de faire brèche à la muraille; l'étroite ouverture de la fenêtre
n'était pas plus praticable, nous n'avions
aucune issue que par la porte; mais lors
même que mon geôlier, la laissant ouverte, m'eût donné la facilité de quitter
mon cachot, je devais échapper à un
second geôlier qui avait la clef de la
tour, à un soldat qui la gardait sans
cesse, et aux sentinelles constamment
distribuées sur les remparts. Nous sen-
tions ces obstacles ; ils nous paraissaient
même insurmontables, lorsqu'un événement vint nous favoriser. Le geôlier en
chef de la tour tomba malade, de sorte
que toutes les clefs furent remises à celui
qui m'était dévoué. Il m'en informa aussitôt, et je résolus de tenter l'aventure

dès la nuit suivante. Mon geôlier mè promit le manteau de son confrère malade, dont je devais m'affubler, et nous convînmes de sortir ensemble, de passer gravement devant la sentinelle trompée par mon déguisement ; puis une fois dans le fort, d'en sortir par un endroit qui lui était connu, au moyen d'une corde munie d'un crochet qu'il devait y déposer. Ce projet me paraissait bien combiné sans doute. A huit heures précises de la nuit convenue, j'endossai le manteau bleu qui devait favoriser mon évasion ; puis marchant à côté de mon libérateur, déjà nous étions sortis de la fatale tour, déjà la sentinelle avait été trompée, déjà nous coulant derrière le jardin du commandant, nous allions gagner le dernier rempart avec la même facilité, lorsque, tout-à-coup, nous fûmes arrêtés, saisis, liés, chargés de fers par un fort détachement de la garnison, que la découverte de l'échelle de corde et le soupçon de l'évasion de quelque prisonnier, avaient rassemblé. Je fus aussitôt reconduit dans mon cachot, où j'eus le loisir de pleurer sur mon malheureux sort et sur l'inutilité de cette tentative. Quant à mon geôlier, j'ignore comment il fut traité; malgré toutes les recherches que j'ai faites, il m'a été impossible de découvrir son sort, que j'aurais adouci si j'en avais été le maître, puisque j'avais été la cause de la punition qu'il aura sans doute essuyée. Dès le lendemain j'en eus un autre, mais dont il n'était pas possible de tirer parti. Je passai de nouveau quatre mois sans secours et sans espoir de voir jamais finir mes maux, lorsqu'un nouveau prisonnier vint loger au-dessus de moi. Bientôt nous pûmes facilement nous entendre, au moyen de l'ouverture qui perçait nos voûtes. Dans notre première conversation, il me dit qu'il se nommait Montrevel; qu'il était un cadet de Gascogne dont le frère servait comme lieutenant-colonel; qu'il avait cherché sa fortune à la cour, mais qu'ayant été trompé par les promesses des grands, se trouvant après trois ans de sollicitations, aussi peu avancé que le premier jour ; qu'ayant enfin inutilement mangé tout son patrimoine, il s'était permis, dans un excès de vengeance, quelques couplets satyriques qui lui valaient aujourd'hui la perte de sa liberté.

Deux malheureux le sont moins lorsqu'ils pleurent ensemble ; chacun de nous éprouva un grand soulagement en trouvant un camarade d'infortune ; et peu s'en fallut que, libres de nous communiquer par l'ouverture dont j'ai parlé, nous n'ayions béni nos bourreaux, qui ne nous avaient pas enlevé cette ressource. Observez cependant que cette ouverture n'était qu'un raffinement de cruauté, et qu'un piége terrible offert à la mal-adresse de ceux que l'on voulait expédier honnêtement ; du moins, l'honnête geolier, que j'avais su mettre dans mes intérêts, m'a assuré que lorsqu'on avait des prisonniers dont on ne désirait pas la mort, on la fermait, et qu'à l'égard des autres, on la laissait ouverte. Or, dans nos noirs cachots où nos malheureux prisonniers

se promenaient souvent avec les trans-
ports du désespoir, ils pouvaient, en s'y
précipitant, trouver la fin de leurs maux,
soit qu'ils y tombassent par accident, soit
qu'ils y fussent conduits par le désir de se
défaire d'une existence pénible.

Je n'ose cependant pas croire, malgré
ce témoignage, à ce raffinement de cruauté; quoiqu'il en soit, le danger n'était
pas moins imminent, car malgré toutes
les précautions que je prenais, j'ai risqué
mille fois d'en être la victime.

Quoique nous avions la liberté de nous
entretenir presque toute la journée, nous
aurions cependant désiré avec transport
de n'avoir qu'une même prison; nous
crûmes devoir solliciter cette grâce, mais
elle nous fut toujours refusée. Tel est
l'ordre, nous répondait-on sans cesse;
en effet, on voulait que nous fussions
toujours aussi malheureux qu'il était possible à l'homme de le devenir. Il faut
avouer que l'on ne réussissait point mal
dans ce projet.

Combien de fois n'avons-nous pas

maudit les despotes, les tyrans qui accablent un homme de mille morts, ou pour des sujets légers, tels que les couplets de Montrevel, ou même lorsque, comme moi, il est environné de la plus entière innocence !

Les faibles rayons d'espérance que j'avais eu d'être délivré par les sollicitations de mon frère étaient évanouis ; mon entreprise avec mon geôlier n'avait tourné qu'à sa perte, quel espoir pouvait-il me rester ? la mort que j'appelais inutilement.

J'étais depuis deux ans dans cette tour infernale, en proie aux plus affreuses réflexions ; mon sort paraissait décidé ; mon frère, sur l'attachement duquel je pouvais compter, était mort sans doute, puisque je n'en recevais aucune nouvelle ; un crachement de sang commençait à me faire entrevoir la fin de mon existence, comme celle de toute une malheureuse famille dont je me croyais malheureux et dernier rejeton ; déjà j'attendais à chaque instant cette dernière heure, que je désirais, lorsqu'une nuit je m'entendis distinctement appeler par une voix qui paraissait sortir de l'ouverture dont il a souvent été fait mention. Je crois que c'est Montrevel qui me nomme, je réponds ; mais je n'entends plus qu'une voix qui n'était pas la sienne, m'appeler par mon nom. Je frissonne au son de ces accens, qui ne me paraissaient pas inconnus ; je me lève en tremblant, j'approche de l'ouverture , j'aperçois quelqu'un placé sur le faîte de la tour, qui, ne pouvant pas me distinguer à une distance de soixante pieds, et dans l'obscurité qui régnait, me demande, d'une voix étouffée, où je suis! Sur ma réponse, je vois descendre jusqu'à moi une corde préparée, et en même temps on me dit ce peu de mots : *lie-toi, et t'abandonne.* Je me lie sans hésiter, et dès que j'eus crié *c'est fait,* je me sentis doucement soulever jusqu'à l'étage de Montrevel , et de là jusqu'au faîte de la tour, où se trouvaient trois hommes masqués et armés de poignards. Ils me délièrent. L'un d'eux, qui paraissait commander aux autres, me fit, sans proférer un seul mot, le signe du silence, en mettant les deux doigts sur la bouche de son masque. Je m'en approchai néanmoins, pour lui dire que je laissais au premier étage un ami qu'il serait facile de délivrer. On ne me répondit rien, mais on descendit la corde; et après que Montrevel, qui dormait encore, eut été réveillé, on l'éleva de la même manière que je l'avais été, en lui recommandant, ainsi qu'à moi, le plus profond silence. Nous descendîmes ensuite sur un petit rempart réuni à la tour, au moyen d'une échelle de corde suspendue aux créneaux. Nous y trouvâmes encore deux hommes masqués, qui y tenaient une sentinelle désarmée et liée, à laquelle ils présentaient sans cesse la pointe de leurs épées, afin de l'obliger au silence. On se demanda alors l'un à l'autre si on l'égorgerait; la négative l'emporta, et il fut décidé qu'on la laisserait là, pieds et mains liés, avec un bâillon dans la bouche; mais ce malheureux nous ayant demandé la grâce de se sauver avec nous, pour éviter le châtiment qu'on lui infligerait pour s'être laissé surprendre, nous la lui accordâmes, et descendîmes aussitôt dans le fossé, qui était très-profond; une petite barque nous y attendait, et nous fûmes bientôt à une lieue de ce terrible fort. Là, je reconnus mon frère dans la personne de mon libérateur, ce frère dont j'avais pleuré la perte, mais auquel la fortune réservait un sort plus cruel que la mort.

Il est des événemens dont l'expression reste toujours au-dessus de la réalité; tel est celui qui venait de m'arriver. Deux heures plus tôt je croyais être enseveli pour jamais dans le sombre cachot qui me renfermait, et ma prison inaccessible. Qui aurait cru en effet, qu'une muraille de vingt pieds, qu'un triple airain d'épaisseur, ou que mes geôliers, plus durs encore, eussent pu être forcés? Si j'avais quelquefois examiné cette ouverture, à laquelle je devais ma délivrance, elle n'avait pu me donner cet espoir. Comment m'élever sans secours et sans moyens à une voûte cintrée de trente pieds de hauteur, de cette première à une seconde, et descendre ensuite de cette haute tour à travers un fossé rempli d'eau, et bordé de sentinelles qui ne m'auraient pas ménagé? Comment espérer qu'après un silence si long, mon frère existât encore, qu'il eût reçu ma lettre; et qu'après un voyage de cent cinquante lieues, entrepris pour ma délivrance, il pourrait y réussir? Et cependant je me trouve libre, dans les bras de ce frère chéri, qui n'ayant plus de ménagement à garder, et cédant à sa tendresse, avait jeté son masque pour m'embrasser. Oh! que cet instant me fit promptement oublier et l'injustice de mon chef, et ma cruelle captivité! Quelle douceur ne trouvai-je pas à m'entretenir avec mon ami, avec mon frère, avec le seul homme que j'eusse dans l'univers! Déjà nous avions gagné un village où il avait fait préparer des chevaux et des habits, afin que ce nouveau costume nous mît à l'abri des recherches que l'on ne manquerait pas de faire. Après avoir changé de costume, nous quittâmes les trois personnes qui avaient secondé mon frère dans son entreprise, parce qu'il était prudent de se séparer, et que leur projet était de rejoindre la capitale. Celui de mon frère était de gagner Luxembourg, où nous arrivâmes après deux jours de marche forcée, mais sans fâcheux accident. C'est là qu'entièrement libres et placés en lieu sûr, nous pûmes prendre un repos qui nous était si nécessaire; c'est là seulement que je pus obtenir de mon frère le récit des moyens dont il s'était servi pour parvenir jusqu'à ma tour. Il me dit que ma lettre était arrivée à C***, dans un temps ou des malheurs particuliers l'avaient éloigné de ce séjour; que cette lettre, qu'on lui avait ensuite envoyée à Paris, où il ne se trouvait déjà plus, avait été renvoyée de bureau en bureau, et ne lui était parvenue, au bout d'une couple d'années, que par un heureux hasard et par les soins obligeans de mad. de G***. Il me détailla ensuite les singuliers moyens qui lui avaient réussi pour me procurer la liberté.

Ma longue captivité avait également affaibli ma santé et abattu les ressorts de mon âme. Je ne soupirais qu'après un asile qui pût me procurer une tranquillité qui était nécessaire à mon corps languissant, et qui me paraissait d'avance le comble de la félicité. Mon frère ne voulut pas s'associer à mon projet. J'avais mille raisons pour vivre solitaire, et il en avait davantage pour suivre un genre de vie opposé.

Je le quittai donc pour revenir à C***. Bientôt mes forces parurent renaître, et mes maux passés n'existaient plus que par des souvenirs qui me faisaient chérir encore plus le bonheur de ma situation actuelle.

C'est dans le repos que naissent les passions. Je fis bientôt connaissance avec ma chère Mariane ; j'eus le bonheur de lui plaire et de l'obtenir ; et dès-lors, enivré d'amour et de joie, je regardais mon sort comme heureux ; il l'était effectivement. M'aimer, prévenir tous mes goûts, était la seule occupation de ma tendre épouse ; la mienne était de lui plaire toujours.

Notre fortune était médiocre, mais suffisante pour des cœurs qui ne croient pas que la félicité consiste dans la richesse. Mon épouse avait son bien chez des négocians qui furent malheureux, et qui nous entraînèrent dans leur infortune. Si vous aviez vu avec quelle fermeté elle reçut cette nouvelle ! Elle n'a laissé échapper ni plaintes, ni regrets, et ses soins se sont bornés à m'en consoler.

Le séjour de C*** nous étant trop dispendieux depuis la diminution de nos ressources, désirant tous les deux de vivre séparés du monde, nous avons choisi ce lieu pour y finir nos jours. Le reste de ma fortune a servi à nous acheter cette cabane au sein des montagnes; et c'est ici, dans cette solitude, que nous n'avons jamais regretté le séjour des villes ni le luxe des grands.

Ce bonheur a été court; il a disparu avec un printemps. Un nouveau revers a altéré les charmes de ma chère Mariane, revers qui a rempli son cœur d'amertume, et contre lequel sa fermeté et la mienne ont enfin échoué. C'est celui qui me conduit à pas lents, mais inévitables, au tombeau.

Je vous ai parlé du premier coup d'épée que je reçus du comte de W***, blessure qui, dans ce temps, me fit beaucoup souffrir, et qui dès-lors me procurait de temps en temps de violentes douleurs. Un tronçon d'épée pouvait m'être resté dans la cuisse : cette crainte s'est vérifiée. Le mal si long-temps caché a reparu de nouveau, et en très-peu de temps il a fait d'affreux progrès. Je souffre des douleurs inouies et continuelles; la certitude d'une mort prochaine est devant moi. En comparant les progrès que la maladie a déjà faits,

je calcule qu'il me reste peu de semaines à vivre. Et que deviendra ma
tendre épouse? Je la connais, elle ne
recevra aucune consolation; toute sa vie
elle languira désolée et malheureuse.
J'attends mon frère; il quitte tout pour
venir m'embrasser encore. Il me fait
un grand sacrifice, car il avait abandonné pour jamais un pays qui lui rap-
pelle de trop amers souvenirs. » C'est
ainsi que le comte de Malmore m'a-
cheva le récit de ses infortunes. Elles
ont dû, m'ajouta - t - il, vous paraître
longues ; mais l'infortuné trouve une
espèce de consolation à s'entretenir de
ses maux. C'est ainsi que je m'abreuve
du poison qui me tue.

En prononçant ces derniers mots,
avant même que j'eusse le temps de lui
répondre, un certain bruit se fait entendre dans la maison, une porte s'ouvre,
et je vois entrer un homme jeune encore, qui, sans paraître me voir, se
précipite dans les bras du comte; et
l'appelle son frère. Sa physionomie était

mâle, même un peu sombre; grand, bien fait, il paraissait avoir l'usage du monde, mais non cette vivacité, ni cette nuance de légèreté qui caractérise la jeunesse.

Il m'aperçut bientôt, et, après avoir répondu par quelques monosyllabes aux questions multipliées que chacun lui adressait, il me fit ses excuses; mais sans doute, ajouta-t-il, vous connaissez les droits du sang..... Puis se tournant vers son frère, il prononça à voix basse un seul mot en Anglais : le comte y répondit de même avec douceur. Je vis alors très-distinctement le jeune de Malmore frémir involontairement, affecter un maintien assuré, tandis qu'il lui échappait un geste de désespoir.

J'ai su depuis que la réponse du comte indiquait le nombre de jours qu'il espérait encore de vivre, et que son frère voulait lui inspirer une fermeté que lui-même était éloigné d'éprouver.

J'avais eu tout le temps d'examiner ce dernier; je croyais démêler en lui

8*

des traits qui ne m'étaient pas inconnus. Je m'aperçus enfin que mon souvenir n'était pas une illusion, et je me rappelai d'avoir connu à Paris le chevalier de Malmore, qui m'avait même généreusement obligé dans une occasion essentielle. Je me précipitai dans ses bras; et si j'avais éprouvé une vive émotion en entendant le récit des infortunes du comte, elle fut encore augmentée, en trouvant dans son frère un ami et un libérateur.

Le lendemain matin j'engageai le chevalier de Malmore à me faire l'histoire de sa vie. Il ne me fut pas difficile de l'obtenir; nous nous connaissions déjà, et son cœur ne demandait qu'à s'épancher. Il la commença dans ces termes:

« Il faut donc que j'entreprenne la pénible tâche de vous retracer les malheurs qui ont flétri ma jeunesse. Eh! ne pouvant en bannir le souvenir de mon cœur, il vaut mieux que je m'en entretienne avec vous, que de gémir en silence. Vous savez quelle est ma naissance, et comment se passèrent les premières années de ma vie : A peine avais-je dix - huit ans, que mon cœur céda à la plus violente des passions. J'aimai, et la première inclination d'un homme sensible influe sur sa vie entière. Emilie de Bussière fut l'objet de mon attachement ; sa fortune et sa naissance distinguée n'égalaient ni les grâces de sa figure, ni les talens de son esprit. Elle était dans cet âge heureux qu'embellit la nature, où la beauté charme tout ce qui l'environne, et où le cœur déjà sensible, s'ouvre à de doux sentimens.

Malgré ma jeunesse, j'étais estimé dans ma nouvelle patrie, et, par une exception bien rare, j'avais été gratifié d'une place honorable, qui m'avait ménagé l'accès de postes plus avantageux encore. Quelques talens que l'on me supposait, quelques connaissances dans un âge où on en suppose peu, un zèle et une fermeté dont j'avais pu donner des preuves, m'avaient mérité cette distinction ; mais j'étais sans fortune, sans biens.... défaut odieux, impardonnable dans ce siècle de luxe et d'égoïsme, où l'on n'apprécie le mérite que lorsqu'il est opulent, où l'homme pauvre doit s'isoler, où l'homme sensible, enfin, doit renoncer, sinon à la douceur d'être aimé, du moins à l'espérance de tout établissement conforme à ses vues et à ses spéculations.

Je connaissais les désavantages de cette posittion, mais je m'en occupais faiblement; plaire à mon Emilie, la voir, l'entendre, lui parler me tenait lieu de toute autre jouissance; c'était ma fortune, mon tout. J'étais bien reçu chez son père ; mais une timidité invincible m'arrêtait auprès d'Emilie. Combien de fois l'abordai-je avec la résolution de me jeter à ses pieds et de lui avouer mon amour, et toujours l'expression expirait sur mes lèvres.

Mademoiselle de Bussière, jeune, riche et belle, était environnée d'amans. Parmi eux se distinguait le chevalier de Sursée, d'une ancienne et bonne famille de la Suisse, mais qui avait changé les vertus et la simplicité de sa nation contre des vices agréables. C'était un homme à bonnes fortunes, fourbe, dissimulé, mais plein de talens, et possédant supérieurement l'art de plaire, de s'insinuer, et de masquer ses défauts. Il avait recherché mon amitié ; il me témoignait des égards ; mais il avait un but secret, car il avait su pénétrer mon amour. Dès-lors on le vit redoubler d'efforts pour obtenir Emilie avant que je lui eusse été présenté. J'en fus aussitôt informé ; que devins-je à cette nouvelle? mon désespoir n'eut plus de bornes, je ne voyais qu'elle ou la mort. Cette alternative m'inspira un courage dont je ne croyais pas ma timidité susceptible ; je hasardai une lettre où je lui peignis la situation de mon cœur et mes craintes sur M. de Sursée.

Il faut avoir été aussi passionné que moi pour se peindre l'impatience et l'inquiétude avec laquelle j'attendis sa réponse. Ce ne fut que deux jours après que j'en reçus un billet ; je l'ouvris en tremblant.

Qu'il faut peu de chose pour tirer l'homme du néant et le placer au comble de la félicité ! Ce fut l'effet de cette lettre. Emilie est donc encore libre, me disais-je, elle daigne m'écrire ; ses paroles sont comme son âme, douces, simples, ingénues, elles apportent le bonheur ; je puis donc espérer.... Toujours je relisais cette lettre chérie dont je dévorais tous les mots.

Habitans de cette ville corrompue, où il y a tant de décence et si peu de mœurs, où on adore les femmes et où on les méprise, où l'on joue enfin une fausse pudeur pour répondre aux plus légères avances, apprenez qu'Emilie est vertueuse, estimable et sensible ; mais qu'elle est franche, ingénue ; qu'elle fait consister l'honneur dans ce qui le consistue essentiellement, et non dans ce fantôme d'un préjugé trompeur, et que son cœur ne sent rien qu'elle ne puisse hautement exprimer !

Emilie, dans sa réponse, n'était donc que simple comme la fleur de nos champs; si je lui eus déplu, également elle eût satisfait mon impatience, en m'ouvrant naïvement son cœur. Son refus eût fixé mes incertitudes et désabusé mon amour.

Lorsque je me fus assez long-temps enivré du plaisir que me causait sa réponse, je volai pour lui écrire encore; mais mon cœur était si rempli, que j'attendis que je pusse trouver des termes propres à peindre tous les sentimens qui me pressaient alors.

Le même jour je reçus encore un billet d'Emilie, par lequel elle m'offrait tout ce que je pouvais désirer; Emilie m'avouant son amour, en augmentait encore le prix à mes yeux. Et que l'on ne la juge pas par ces femmes froides avec art, coquettes par vanité, qui ont le jargon de la galanterie, et non le langage de l'amour! Ce n'est guère que dans ces contrées que l'on trouve encore des mœurs pures, de la simplicité,

et un cœur capable d'un vrai attachement. Loin de chercher un cercle d'ado-
rateurs, elles ne veulent qu'un ami dont
elles puissent faire un époux. Toute autre conduite est punie d'un mépris général ; mais aussi elles s'enorgueillissent
de leur amant, et l'avouent toujours, s'il
est digne d'être nommé.

C'est ainsi que mon Emilie, loin de me
cacher sa tendresse, ne craignait point
de m'avouer son amour, et le sacrifice
qu'elle venait de me faire de mon plus
redoutable rival ; (c'était le chevalier
de Sursée qui lui avait été proposé).
Enivré d'amour et de joie , j'attendis
avec impatience ce lendemain promis,
pour lequel je fus effectivement invité
par M. de Bussière à sa campagne. Je
me retraçais d'avance le plaisir de voir
une amante adorée, de pouvoir lire dans
ses yeux notre intelligence et mon bonheur. Ce jour arriva, je volai chez elle
rempli de joie, je la vis. Ah! qu'elle
était belle ! quelle sensation délicieuse
j'éprouvai en la voyant, en l'entendant,

en pensant! C'est moi qu'elle distingue au milieu de cet essaim de courtisans, tous empressés à lui plaire ; c'est de moi dont son cœur s'occupe ; il est d'intelligence avec le mien ; et tous ces hommes qui nous environnent ne pourront jamais parvenir à troubler mon bonheur.

Le plaisir de voir Emilie n'était plus troublé, mes craintes étaient dissipées ; en fallait-il plus pour me rendre toute ma gaîté ? Elle perça dans tous mes discours ; j'étais si enjoué et si content, qu'on ne tarda pas à s'en apercevoir. Le père d'Emilie me dit que ne m'ayant pas vu depuis quelques jours, je les avais sans doute passés dans quelque charmante partie qui me retraçait encore d'agréables souvenirs. Monsieur, lui répliquai-je, le souvenir que laisse votre maison peut occuper sans doute ; mais lorsqu'on a le bonheur d'en jouir, peut-on être distrait par quelqu'autre objet? En même temps mes yeux se tournaient vers Emilie, dont une aimable rougeur couvrait le front dans cet instant.

Il ne me fut cependant pas possible de la voir seule une minute; toujours obsédée d'importuns, il n'y eut que nos yeux qui purent se faire entendre; mais étant retourné le lendemain chez elle, je la trouvai seule enfin, occupée à répéter sur son clavecin quelques airs du devin du village; son père, occupé à régler les comptes de ses fermiers, m'avait invité à aller l'attendre auprès d'elle.

Je ne vous ennuierai pas en vous rappelant tout ce que nous eûmes à nous dire dans ce premier tête-à-tête, dans ce moment heureux, où nous goûtions toute la douceur de nous aimer et de nous le dire. C'étaient deux âmes neuves et pures, qui osaient épancher leurs sentimens les plus secrets. Combien de sermens ne lui fis-je pas alors de n'aimer jamais qu'elle! serment que mon cœur avouait, et qu'il n'a jamais démenti. Plus timide et plus réservée, Emilie paraissait se reprocher l'imprudence de ses aveux. Je parvins à la consoler, et sa belle bouche me répéta ce que son cœur m'avait écrit; elle me reprochait encore d'avoir troublé la paix de son âme; mais ces faibles reproches expiraient bientôt sur ses lèvres; j'ose même dire qu'elle paraissait se glorifier de son choix. Elle ne me cacha cependant pas que son père semblait affligé du refus qu'elle avait fait d'épouser de Sursée; que dans ces circonstances il fallait tout attendre du temps, et que ce ne serait qu'après qu'il serait oublié que je pourrais me présenter prudemment. Mon père, m'ajoutait Emilie, vous estime, mais il aime trop sa fille; et, comme il place le bonheur où il n'est pas, je crains que toujours il ne désire un gendre d'une fortune égale à celle que je peux espérer. Mais vous m'avez presque offensée en me supposant la même façon de penser; c'est ce qu'à peine je puis vous pardonner. Son père, entrant alors, fit changer notre entretien; mais j'eus depuis la facilité de la voir très-souvent, et nous nous assurâmes mille fois mutuellement que notre attachement serait aussi durable qu'il était vif. Ames blâsées par des jouissances éphémères, non, vous ne connaissez pas tous les instans de bonheur que procure l'amour, lorsque l'innocence le protége, que l'honneur l'avoue, et que la délicatesse le guide et le maintient!.... mais ces instans furent courts...... Ce fut un éclair de bonheur, un rayon de soleil qu'éclipse bientôt un nuage.

Les yeux clairvoyans du public commençaient à s'apercevoir de mes assiduités chez M. de Bussière, lorsque ce dernier, aux approches du printemps, se prépara à aller le passer, selon sa coutume, dans une jolie campagne qu'il possédait à deux lieues de la ville. Ce départ fixé dans quelques jours, nous fut annoncé; il dérangeait nos projets, mais il fallait s'y soumettre; et quoique je conservasse l'espérance d'y voir toujours Emilie, cette séparation nous coûta bien des larmes; on aurait dit que nous pressentions les malheurs qui allaient bientôt nous séparer plus cruellement encore.

Mais avant que de suivre le fil de ces événemens, je dois vous faire connaître une personne qui a beaucoup influé sur mon sort. Emilie m'avait parlé dans ses lettres, de sa cousine mademoiselle de la Fare. Dès notre tendre enfance, son père et le mien avaient formé le projet de nous unir, si nos cœurs un jour répondaient à leurs intentions. Mais mon père étant mort, j'avais presqu'oublié ce projet ; il se serait même entièrement effacé de ma mémoire, quoique souvent j'eusse occasion de la voir, si elle n'eût eu le caprice de se prendre pour moi d'une passion qu'elle eût dû cacher, mais au contraire, qu'elle affichait ouvertement. Quoique peu jolie, elle n'avait rien de désagréable dans la figure; elle avait beaucoup d'esprit, plus encore de méchanceté. Elle me recherchait; je ne pouvais pas décemment l'éviter; et nos amis communs, surpris de ma conduite avec les deux cousines, la trouvaient toujours inexplicable.

D'un autre côté, le chevalier de Sursée, quoique rebuté par Emilie, ne se flattait pas moins de vaincre un jour sa répugnance. Protégé par son père, qui désirait cette alliance, il continuait ses poursuites avec d'autant plus de chaleur, que son intérêt et sa vanité y étaient fortement intéressés. Toujours vainqueur des femmes qu'il avait vues, accoutumé à de faciles conquêtes, il ne pouvait supporter de se voir le jouet d'un enfant, d'une novice, qui devait se trouver trop heureuse de ce qu'il voulait bien s'attacher à elle. D'un autre côté, sa fortune qui paraissait aussi brillante que sa personne, lui ressemblait effectivement ; c'est-à-dire, qu'elle n'avait qu'une trompeuse apparence. Ses voyages et ses folies l'avaient ruiné ; il devait dans l'étranger de très-grosses sommes. Il lui importait donc d'épouser Emilie, qui était riche, et même de l'épouser promptement, et avant que d'importuns créanciers vinssent renverser le tableau ridicule de ses richesses imaginaires.

Tout en employant auprès d'Emilie, qui ne pouvait refuser de le voir, une éloquence inutile, de Sursée cherchait à démêler ses rivaux ; et, comme j'ai déjà eu occasion de l'observer, ses regards attentifs se portèrent sur moi. Le hasard le servit bientôt dans ses recherches.

Dans une de ces fêtes champêtres que M. de Bussière nous donnait à sa campagne, Emilie, que je n'avais pu entretenir, me glissa un de ces billets que l'amour rend si intéressant. Comme l'on était occupé à la danse, je m'esquivai, pour aller dans un bosquet lire la précieuse lettre que je venais de recevoir. Le chevalier de Sursée, soit qu'il y vînt prendre l'air, ou que ses soupçons l'y conduisissent, me surprit avec ce fatal papier. Mon empressement à le lui cacher lui apprit tout ce qu'il voulait en savoir, et dès-lors il comprit qu'ayant un rival favorisé, tous ses ef-

forts seraient inutiles, s'il ne commençait par s'en débarrasser : en conséquence il ne s'occupa plus que de ma
perte; mais par ces voies obliques que
peuvent uniquement employer les personnes qui se sont faites une étude de
la fausseté.

Cependant, avant que la fortune me
fît éprouver ses revers, elle devait me
faire toucher au bonheur, sans doute
afin qu'il me fût d'autant plus douloureux d'y renoncer.

Pour rendre cette fête complète, on
avait proposé de se rassembler le lendemain pour une partie de chasse, dans
une forêt voisine dépendante de la
campagne ; et pour que les dames pussent jouir de ce plaisir et l'animer, on
convint avec elles de faire porter le
dîner dans une espèce de salon de verdure, très pittoresque, qui était à l'entrée
du bois.

Nous nous y rendîmes tous de bonne
heure. Nos dames, dans leur plus agréable toilette, y vinrent en voiture, ex-

cepté mon Emilie, que son père, de Sursée et moi accompagnions à cheval. Celui d'Emilie était d'un blanc de neige, tandis qu'elle, habillée d'écarlate brodée d'or, avec un chapeau garni de plumes blanches, ne ressemblait pas mal à une reine du siècle d'Amadis, suivie de ses preux chevaliers; du moins avait-elle tous les attraits dont nos antiques romanciers gratifiaient leurs héroïnes.

Arrivés au salon de verdure, un déjeûner des plus agréables nous y attendait; c'était, pour les dames, des crêmes, du fruit et du chocolat préparé dans le lieu même; car une petite cuisine bien fournie, faisait partie d'une cabane doublée en dehors d'écorce, et formant au-dedans un appartement meublé avec goût. Le nôtre consistait en excellent vin rafraîchi dans la rivière qui coulait à nos pieds. Nos chevaux désellés broutaient à côté de nous, et si quelque étranger, conduit par un événement extraordinaire, eût pu nous trouver dans ces lieux, sans doute il se serait cru transporté dans une île enchantée.

Animés par le Beaune et le Silleri, nous allâmes tuer quelques malheureux lièvres, qui bientôt succombèrent sous nos coups, puis nous revînmes auprès de nos déesses. J'avoue que je préférais infiniment d'être aux pieds de mon Emilie, qu'à l'affût d'un cerf ou d'un sanglier. Nous y trouvâmes un excellent repas préparé sur l'herbe, à côté d'une rivière limpide, sous un ciel serein; ajoutez que j'étais assis auprès de mon amante, et vous trouverez que ces momens devaient remplir mon cœur. L'amour et le plaisir me les firent trouver bien courts, tandis que la gaîté et le vin faisaient le même effet sur M. de Bussière; de sorte que, quoiqu'il fût déjà tard, nous ne répondions que par des plaisanteries aux dames, qui auraient voulu, ou qui du moins feignaient vouloir se retirer. Il n'y eut que la fin du jour qui put nous y décider, encore laissâmes-nous une partie des dames nous précéder d'un quart - d'heure ; puis Emilie, une de ses amies, M. de Bussière, de Sursée et moi, remontâmes sur nos coursiers, plus impatiens que nous de retourner au logis ; car ils ne s'étaient pas autant divertis à ronger leurs freins, que nous à sabler du Champagne. Cette dernière occupation, un peu du goût de M. de Bussière, l'avait mis de fort bonne humeur, son babil ne finissait pas, et l'éloge de ses chevaux en était le sujet favori. Nous étions tous fort bien montés; cependant il nous défia d'égaler à la course le cheval qu'il avait monté; il offrit un pari, dont le but devait être sa campagne. De Sursée accepta la gageure, et malgré nos efforts, ils partirent avec la rapidité de l'éclair. Emilie frissonnait de tout son corps; et craignant qu'il n'arrivât à son père quelque accident funeste, elle me conjura de le suivre, et pressant son coursier, elle me donna l'exemple.

Notre précaution ne fut pas inutile ;

car au bout de quelques cents pas, le
cheval de M. de Bussière, las de porter
un mauvais cavalier, se cabra ; effarou-
ché et retenu par la bride que tenait
encore son maître renversé, il allait l'é-
craser, lorsque j'arrivai assez tôt pour
lui sauver la vie. Me précipiter de mon
cheval, saisir celui de M. de Bussière,
et le retirer de dessous ses pieds, fut
l'affaire d'un instant. Le coursier devenu libre, continua sa course rapide jusqu'auprès de son écurie, où il arriva
bien long-temps avant nous.

Fin du premier volume.

www.ingramcontent.com/pod-product-compliance
Ingram Content Group UK Ltd.
Pitfield, Milton Keynes, MK11 3LW, UK
UKHW031841170726
13836UKWH00004B/1816